-格致文库-

留给未来中国的好笔墨

漂·移

张小苏　著

山西出版传媒集团

北岳文艺出版社

BEIYUE LITERATURE & ART PUBLISHING HOUSE

图书在版编目(CIP)数据

漂·移 / 张小苏著. —太原：北岳文艺出版社，
2017.9
ISBN 978-7-5378-5237-1

Ⅰ.①漂… Ⅱ.①张… Ⅲ.①随笔－作品集－中
国－当代 Ⅳ.①I267.1

中国版本图书馆CIP数据核字(2017)第135810号

书　　　名	漂·移
著　　　者	张小苏
责任编辑	庞咏平
装帧设计	张永文
出版发行	山西出版传媒集团·北岳文艺出版社
地　　　址	山西省太原市并州南路57号
邮　　　编	030012
电　　　话	0351-5628696(发行部)
	0351-5628688(总编室)
传　　　真	0351-5628680
网　　　址	http://www.bywy.com
E－mail	bywycbs@163.com
经销商	新华书店
印刷装订	山西万佳印业有限公司
开　　　本	787mm×1092mm　1/32
字　　　数	150千字
印　　　张	7.125
版　　　次	2017年9月第1版
印　　　次	2021年1月山西第2次印刷
书　　　号	ISBN 978-7-5378-5237-1
定　　　价	38.00元

目录

自 序

意识到我很少说"我们""咱们"之类的词，是在两三年前。除非书面语需要，日常不说。"我"后边没那一截了。这不是用词问题，肯定是认知发生了变化。得我这种病的，往往有认知的改变。十五前医生说过。前往医院探望的朋友也说，他弟弟得了这个病，往往把鞋误称作脚，"把我的脚取来！"只有家人知道是什么意思。

我是在患病后十多年后才避免说"复数"的。而且有主动性，自觉不是病拿的。不乐意用复数好像另有原因，我确认"我只是我"；比方有人跟我说"咱们小区……"我即使不说出口，内心也要认定一下"是这个小区"。依此类推，延展到一市、一国，甚至全球，皆如此。只在内心认定而不说出口，说明尚有理性，不因我的某种变化，而对别人解释。与此同时，对于"丢咱们的人""长咱们的志气"也不认同，我会暗自说，是丢你们的人，长你们的志气。我没有"们"。

在得知一些败坏风习的消息后，我也会震撼，但不会因为这事发生在哪儿而有格外的不平。咱们的坏？我不认同。咱们的荣耀，也不认同。在议论纷纷中，我不觉得光荣或堕落，与这些行为发生在何地有什么关系。

我在十五年前就发生了漂移。起初无意识。因为漂移极其缓慢。参与的欲念日渐消退，发生在还能参与的时候。回望过去的日子，看到我还非常积极过，或者还曾经风生水起，才觉悟到渐行渐远，在与接壤的地域完全断裂时，我听到了声音。是一种责难和不解。意识到不可阻遏的漂移，我完全不做辩解。过几年抬头看，陆地又远了许多。我每天固定在一个位置，所有的景物都在，十五年没有变化，但一直有陌生感。如同看不到移动的时针，我缓慢移走，与昔日的存在日益远去。我作用不了什么，如同过去能够作用于我的，如今已无关联。我的关切一如既往，只是位置已经变化。早在许多年前，我拍过一组照片，题曰《盛开的老人之花》，那是我挤在下棋打牌或闲聊的老人中拍的。我除了穿行于其间，别无去处。哪个团伙都无法加入，不是嫌我不够老，就是嫌我脸不熟，周边环境像活动的3D景色，与我同在一屿的小宋也感受到这种隔膜，用傲气来支撑内心，她觉得那针插不进的团伙，对我是致命的侮辱。我倒觉得每拍一张图片都可能冒犯那些"花朵"。参天的大树还连着根，我断然不在高处，没有俯瞰的视角，未见根脉。只觉得全远去了。漂移的缓慢，让我没感到难舍和不安。日久天长，益发平静。昼夜四季依然，星辰东升西落。直到我无法漠视到漂移，才不再使用复数。也许这仅仅是开始。

消息都成为旁观，道听途说而无感同身受。我于是只想管好自己的事。我的难题仅仅是我的,人"们"的苦难和问题,对我是消息。我专注于写毛笔字,渺小的为写了一个满意的"横道"而庆祝,觉得起始中有我的全部努力和追求,我还能够把它写得更好。因为看到努力还有空间而心里充实。睡着、醒着、饿着、饱着,状态都好。对我尽够。日复一日,就是希望。人间的故事我知道,我关心,我的过去在那儿,情感在那儿,足迹在那儿,是我的故事,却不是我的事。我能给予多少关心都会给,但更着意于写我的那一横。

这本书里的所有篇章,都是漂移中的记号,不理会漂移到哪儿,不知道能继续漂移多久,但肯定回不去了。

2015 年 1 月 22 日

病友老梁

老梁不老，和我同岁。我们在一间病房住院时，都是四十六岁。

老梁没来的时候，那张床上睡的是老季。和老季处熟了，所以换了老梁，很不习惯。

老季和我症状相同，天天关心的也差不多，用药也基本一样，家属也熟悉了，互相给照看着。老季情绪很坏，五十二岁的山东汉子常哭。他哭了就省得我哭，所以他女儿数落老季时便夸我，"看人家，多坚强"。老季觉得冤，好端端带着老伴到北京看闺女，顺便赶赶澳门回归的热闹，怎么突然就中风了！出门在外，这是怎么话说？闺女的喜事近在眼前，怎么说不能动就不能动了？老季反应不过来的时候还说说话，静静躺着。等反应过来，仔细想想就由不得要哭。今后怎么活呢？

老季老婆高高大大，背地里小方送她一个雅号为"金子"，意思很直接，她的心贵如金子。老季老婆不愁苦，天天觉得吃不饱。时刻在床头柜前吃瓜子。她大声叫唤着告诉老季：没什么了不起！不就是不能动了吗？我就不信这个病能把人怎么样！大不了给你弄两个板凳子，来回挪着也能走！她这话像一道亮光，照亮了整个病房。因为说实话，我们虽然不哭，其实也如遭雷击，祸从天降的愁云时刻罩着，挥之不去。谁也没想到，老季老婆如此气壮，把这病蔑视到如此简单，给了我们相当大的鼓励。可是老季当时不会坐，也不想坐。老季老婆常常把他竖起来，将其摆成坐姿。可老季戳在那儿，就不会再躺回去了。老季老婆数次把老季墩在床上，自己出去打开水，把老季还坐着的事儿忘得干干净净，老季便无限悲苦地坐着。老季老婆回来便心疼地赶紧把老季放下来。老季躺下觉得踏实了，便开始哭。老季老婆不会说抱歉，便唠唠叨叨用报纸铺她的地铺。之后蜷在我和老季的床之间呼呼大睡。

老季老婆吃瓜子的时候，眼神专注，但突然会想起来去问药的价钱。他们请不起康复医生，我们便说，咱们共用一个也行，反正病都一样。康复医生给我做治疗时，老季老婆就在旁边看，之后学着给老季做。每天一早，康复医生叫我站起来，老季便也站。老季站起来，我们才知道他有多高，多雄伟。他当过兵，一米八以上的个子，非常魁梧，老季老婆扶着他，老季目光直视窗外，格外端正起来。但老季实在住不起医院了，终于刚学会了端端站站就出院了。

接踵而至的就是老梁。他一来就破坏了原有的和谐。他不似病人又胜似病人。不似病人是由于他几乎是呼啸而至。他几近蛮横地告诉大夫，他总是看见左边有大鬼小鬼，大夫再问，他就说他这病是喝酒喝的。他老婆和老季老婆一般胖，但要矮得多。真是应上了"不是一家人不入一家门"这句话，他老婆也是呼啸型的，她尖叫地告诉大夫，"我们好几个人都按不住他呀！总说左边有大鬼小鬼来捉他！"

我实在后悔没跟老季一起出院，我用右眼瞥这新来的老梁，他已经呼啸完毕复归平静，脸色铁青地歪在床上。我恰好就在他左边。他再发病，一把就可以把我当厉鬼给打翻。简直太可怕了！接着便是成堆来探望他的人，把病房挤得满满当当，这些人没一个不呼啸的，一个个"梁哥""梁哥"地叫着。老梁于是又呼啸起来，"没事！这条命又捡回来了，就是喝的！"

我悄悄求小马，能不能找一下护士，给这病人调换一下床位。

我提心吊胆地躺到晚上，老梁老婆挨着老梁躺下，用她的身躯把我和老梁隔开，我才略微安了点儿心。

第二天一早，就听见老梁呼啸起来："你看你都把我挤哪儿去了！是你住院还是我住院？"老梁老婆不好意思地爬起来，跟我们搭讪：他就是给惯的。这病其实就是因为我养了条小狗，他不高兴，给气的。说完便掏出狗的照片给我们看。老梁攒了些精神又喊叫起来："今儿个想吃炖狗肉，就着半斤二锅头！"这么一喊，他浑身的力气就用尽了，歪下来叹气。一抬眼望望屋顶，平静地说："瞧，那儿有个宾馆，门口还有俩保安，看得清清楚楚。你们看不见吧？"

显然他也觉得自己的幻视是个问题。大夫对他很重视，一遍一遍地检查，核磁共振就做了数次，接着又做腰穿，显然这个人病得不轻。只有老梁自己坚称是喝酒喝的。吊上了输液瓶，他胡乱看看说："白的？八两都不止！"第二瓶换上，他又说："改啤的啦？也就一扎的样子！"

渐渐我看出，老梁是硬拿出一股浑劲来扛病。他老婆也在尽量用鸵鸟政策，除此而外，别无良策。

老梁老婆说，老梁下岗好几年了，每个月生活费六百块，还得供女儿上大学。这几年在亚运村卖车，如果不病，倒也挺好。老梁是独生子，心重，怕落下被人养活的名声，还有个老姐姐，这老姐姐就是他的家长，是个一脸慈爱的老人，知道我和老梁同岁，便称我为弟，称小方小妹，称小川大爷。称呼一定，便成了一家人似的。他们马上看出小川明显的"大爷"脾气。给"大爷"沏上酽茶，中午老梁老婆在家做了炸酱，也端来给"大爷"尝尝。

值夜班的小马见状，颇感奇怪：你们前两天还要我把他们调走呢，这么快就单方面媾和了？

老梁家就住医院附近。对周围熟透了。总爱给我们出主意，我当时不思茶饭，老梁一家便建议小川到门口某小铺子给我买疙瘩汤，特意强调，必须切点"卞萝卜丝"，用油煸一下。小川将疙瘩汤买回来，果然我胃口开了些。

老梁便将医院门口备细讲述一番。他说过去没事总来急诊室瞧热闹，"这地方开个瓢（开颅手术）比切西瓜还容易。全国的人都上这儿开瓢呀！"急等开的挂不上号怎么办？老梁门儿清，他说，医院附近有家小旅馆，专为外地病人挂号，老板诨名"瞎逼整"，东北来的，钩挂了医院的关系，哪天哪个专家在哪个屋出门诊，怎么挂号，一清二楚，他挣的就是这个钱。这几年挣海了去了！老梁说起这些，总是很神往的样子，最后总要长叹：怪只怪我喝得太多！

晚上小川回去了，他会在估量着小川差不多到家的时候说，大爷喝上了！第二天早上小川没来时，他又会说，大爷准是正喝酽茶呢！神情无比向往。

那年的春节，我们是在一个屋过的。两家人都很当回事。都说是缘分。彼此留下了电话，发誓今后要做好朋友。

春节后，医院宣布取消家属陪床，我便出院了，我走时老梁正迷糊着。他的病还没确诊。他的精神只够说一句话："明儿我也出院！"之后便歪下去了。

出院后常想老梁，但没打过电话。也没接到过老梁的电话。大家都觉得不堪回首。

七年了，才敢回忆一下这段往事。即使如此，行文中仍觉胆寒。

但愿老梁、老季都度过灾难，健康起来！

写于住院七周年前二十天

2006年12月20日

曲水流觞

初春上午，我被搀下楼，独自在客厅外的玻璃廊子里喝茶看书，由于天阴，想起了三味书屋。去年此时，我还很健康，曾与全家到绍兴瞻仰过那间阴郁的教室，很暗，一派玄色，给人安静的感觉，从这个角度看，不容易分神，故宜读书。不过鲁迅自幼在那么暗的厅堂里看书而没近视，足以说明视力好坏不完全取决于光线。

那次还去了兰亭，至今品之有味。王羲之和群贤到兰亭是在暮春之初，已经天朗气清，惠风和畅。我们则在春初，大年初三，北方还天寒地冻，飞到杭州，觉出些许早春之意，但依然很冷。我去拜望十年未见的礼仁老师，也去圆多年对绍兴的膜拜之礼。

礼仁老师是我二十年前的老师，我对绍兴的兴趣，多来自他。彼时他正在壮年，教我学画也助长了他自己对画的投入。一次回乡省亲，他画了整整两大本钢笔速写，我从这两大本杰作中看到乌篷船、曲桥、小酒店和各式各样的绍兴人。加上他对故乡怀念的语言，我对绍兴向往之至，说到忘情处，他和我约定，终有一日，他要与我同游绍兴。当时还是插队身份的我，对这一约定并不真有期许，我想，或许我一生中或有来绍兴一游的幸运，但能与礼仁老师同来，则可能性极小。因为那个时代，中国还没有旅游这回事，老百姓也罕有旅行的可能。"他乡遇故知"还是与"金榜题名时，洞房花烛夜"同等级别的人生际遇。

但约定过了二十来年，这事变得简单到毫无神秘感也不具吸引力了。

趁春节假期，买机票去探访他们，容易得超过在当地逛公园。

在杭州下飞机后，就认识了礼康，礼仁老师的小弟弟，他开着一辆双排座的小卡车来接我们。礼康是个风风火火又热情洋溢的人，比礼仁老师岁数小得多，性格也开朗得多。

从杭州到绍兴一路高速，与其他地方的高速公路没有两样，而且很快就到了。有特色的就是礼康。一路狂开，还不耽误给我们讲沿途风光。那叫一个滔滔不绝。从他的讲述中，我第一次听到纯正的绍兴话，过去我曾请礼仁老师说一半句听听，但已经说惯了"官话"的他却说不出口，说只有回到绍兴他才能讲绍兴话。

绍兴也成了水泥森林，至少在礼康的车上我没看见任何小桥流水的景色。

彼时，礼仁老师全家正开着一间数据公司，生意十分兴旺，租用了当地一个室内射击场，几十台电脑，排列成阵，几十个青年正对着美国传来的扫描数据高速录入。室内唯闻指尖敲键的声音，好听的有如蚕吃桑叶。作业量很大，而当地网络带宽又不够，上传速度太慢，天天夜晚上传数据，即使花整整一夜，往往也传不上去。他们正为此大感头疼，从我进来，就听到周围人都在探讨解决方案。不时有录入员举手，请求解决疑难，这使"厂房"像个课堂。那些孩子对美国人手写的字迹还不能完全看懂。

即使我们全家到访，业务也仍在进行，陪我们参观的所有人都在继续商讨业务。关于带宽，要不要申请专线，或者走卫星通道？此外也讨论包括伙食、厕所卫生、黑板报等若干问题。

只有礼仁老师，让我想起《堂·吉诃德》，吉诃德先生自封"哭丧着脸的骑士"，他边走边唠叨："我一点都搞不懂，也没兴趣！"

回到"业务室"，到了午饭时间，饭是礼康太太烧的，派礼康和一位精瘦的老妇送来。吃上了味道迥异于北方的饭菜，才感觉真到了绍兴。礼仁老师没好气地说："绍兴菜的特点是臭；很臭！我现在只想吃饺子！而且是你姨姨做的山西饺子！"

次日，礼仁老师便陪我们到兰亭游玩。作为一个绍兴人，过去从未听他说起过兰亭，速写本上也没画过兰亭。或许是由于兰亭离绍兴较远，在那个时代，他的足迹难以到达？而且他是个专心致志到极其单纯的人，自幼专心上学，一路上到杭州的浙江美院，毕业后被分配到山西，那时他挺高兴，因为看过一部电影，叫作《我们村里的年轻人》，有好听的歌和有趣的事，他哪儿有机会去兰亭啊！何况，他在收我为徒的时候，也不过三十出头，还一步没离开过体制的轨道。是个上级叫干啥就干啥的年轻美术工作者，没人叫他去兰亭，他自然就没去，也没画。

兰亭也就是个小公园的模样，进门不远，迎头就是鹅池，我还是第一次看到鹅字可以上下写，之后就见到了曲水流觞。如果不是亲眼看到，任书上怎么注解，也不会想出曲水流觞是怎么个玩儿法。书注曰"因曲水以泛觞"，让人以为是挺庄重的事，但现场的曲水流觞处有画，画得很具体：会玩儿的群贤，盘膝列坐于水旁，水上漂着酒杯，袒胸露怀，放荡不羁，这就是群贤在"修禊事"，举行春天的沐浴。想来愉快之极，故曰"极视听之娱"。

礼仁老师看毕叹道：这些人太有时间了！不由得让我也想到尘世事务，想到那些列坐其次于电脑前敲键的青年男女。羡慕煞玩儿曲水流觞的魏晋高士，松闲放任，一味谈玄，而且那时玄想是正事，不但不忙，而且正当高贵，以致"帝王、贵戚、大臣、武夫、儒生、文人、艺士、妇女无不能之"。许多民族文化的早期，都在感知和讨论终极问题，都有无求于物的过程。

先哲圣人，谋求的境界是个人与宇宙的同一，"以生为附赘悬疣，以死为决疣溃痈。"哪里管什么业务，什么带宽？全是肤浅的俗世尘网！

礼仁老师的脸又进一步哭丧起来："不感兴趣，不感兴趣！谁给他们发工资呢？办企业每口饭都得自己挣，不管工人还是老板！哪里来空闲坐到这里喝酒？"

老师一路忧郁，为他不中不外的身份？为他不文不商的处境？总之，他对目前所取得的自由不满意，我亦如此。因此共同回忆起他教我画画的年代：好些事都不知道，穷快活，不寂寞也不焦虑，目标简单但明确，工资虽少但月月有。穷不过一个月，富不过三天，多么省心！至于在美国的这十来年，他不多提。只说天天琢磨画什么，画过龙，也画过虎，因为有需求；还画过拳击手，因为有位出名的拳击手买。

从兰亭小湖，过道曲桥，有家好说话的饭摊，由一个老太太经营，与其说经营，不如说就是看摊：她任由客人自己折腾。于是礼康亲自拣选了鲜菜，为我们炒了，热热地端上来，就着春寒中顷刻就变凉的热菜，我们喝了好几瓶绍酒，多到至今不想再喝的地步。当时喝得很开心，其愉悦程度不逊于曲水流觞。礼仁老师一再说，痛快！好久没这么轻松过了。

借着酒力，礼仁老师还给我父亲打了个超长电话，是他出国后第一次与我父亲通话，他俩也是忘年之交，有十余年未通过话了。

酒后过曲桥，有些晕眩，桥下寒水若有泛觞。那时我和老师都在忙乱的商务中讨生活，我们自己买得闲暇半日，收获了满心的快活！以至于总抱怨家乡菜的礼仁老师在曲桥驻足，兴头头买了霉干菜，让我们把绍兴的味道带回北京。

临出园时，又停留在一位摆摊儿卖扇子的后生处，礼仁老师向不以书法为意，过去教我画画时，不时拿毛笔字打趣，认为中国科技不行，没能力发明钢笔，才用一撮毛束起来写字。不说有多不便，反倒成书法了！此时他也似乎宽容了许多，在这个摊儿上买了柄扇子，并请卖家为我们当场用小楷写了《兰亭集序》。礼仁老师面上一扫忧郁，看着扇子上娟秀的字，连连叫好！书法在这地方已普及到这等地步，江浙真是人杰地灵！

上了礼康的小卡车，会稽山愈远，礼仁老师面上的阴郁愈多。

之后，我们坐在鲁迅家的百草园出神。此时的我与他，一人买了一顶闰土式的毡帽戴上，冷飕飕地坐在一块石凳上出神。我自然像个旅游者，他是本地人，看去更像闰土。

2006 年 2 月 10 日

容膝之安

　　星期天是全家唯一可以聚首休息的日子。但能轮到一个真正安心的星期天也难。多数情况下，星期天有星期天的忙。几十年来真正宁心静息、气定神闲的时刻实在很少。有时候可以制造，但总不如自然遇到来得有神气。

　　2004年年底，我们曾陷于完全的无着落，靠了互相安慰过日子。时间大大的有，但占据时间的全是不安。一日上午，在照例的愁肠百结中，突然决定谈谈《红楼梦》。这时候，便像有一道光，霎时照亮了一切，光是讨论贾家宗谱就松了身心，甚至说出悼红轩三个字都一阵飘飘然。更不要说《咏絮词》了。一想到还有那么多可以说的，顿觉欣欣然。于是立即打电话叫了小川来，买包好茶，泡上喝着，大聊特聊，忘乎所以。到了中午，再没着落也要隆重地吃喝一顿，谈《红楼梦》。

　　靠了一部迷人的书，谈得来的三个人凑在一起，便忘了具体生活的愁苦，为了追寻并不断制造出这样的日子，我们专门买了张可以伸缩的桌子，成为农光里那所宅子最像样的家具。

　　这是一种内收型的快乐与满足，就精神层面而论，取得了大胜。但生活中的问题一样也没解决，没着落仍然是没着落。

而且这样的日子没法复制。桌子买好了，小川也离开北京了。即使仍在，也不是随时可以碰上那种状态。

我们备着茶，但一向也就是喝喝而已，这礼拜天终于出现了合适状态，我们端了阳台上的小圆桌进来，在一派通透的阳光下，居然听起音乐，而且很沉醉。从音乐中渐渐苏醒时，我们谈谈中外古今，又是一番精神的大胜。可是这"大胜"太过脆弱，突然一个"煞风景"的电话，就能够把你破坏到底，让你重归一败涂地。

应该说，还是外放型的胜利来得可靠和实惠，那可能是运作出一单买卖，发一笔小财。可是，近十年在挣钱的努力中，好像从没遇到过农光里忽谈《红楼梦》那样的神光。没有。这一点可以很确定，甚至连一点儿得意都被不快给抵偿了。

农光里也罢，芍药居也罢，均属田园，享受内收幸福的所在都不过窄小到仅能"容膝"，但是"易安"。但怎么也得忧从中来，不可断绝——总这么内收着，会不会越来越胆儿秃呀？

也许根本不会。

2006年12月19日

贴"召"

那一段遇上"毛鬼神"了。这是我们老家的"神"，往往忽然笤帚找不着了，分明昨天还在老地方。今天却遍寻而不见，急得你汗如雨下，还揣着满腔的莫名其妙。老人这时会说，"出毛鬼神啦，别找了。明儿兴许它自己就出来了。"这也确实是的。到不找的时候，那挖地三尺也找不着的东西，却安然在某处待着。

"神"是我们老家的，这事可是在哪儿都有。"毛鬼神"是戏弄人的家伙，一旦来，这个阶段总会有不止一样麻烦出现，不过，等它走了就好了。

小马工作上有不顺，偏偏侄女也有不顺，昨天来信问我怎么办？我今天复信一封，讲了一段我当年惹下的祸端。

我参加工作就干编辑，说起来像个光鲜事，其实很是不易，刊物是张脸，疙瘩长在脸上，人人都能瞧见。一旦出毛病，抵得过你所有功劳。背后多少努力别人看不见，远不像只干出头露面工作的，让人看着就有功，就辛苦，却留不下什么倒霉痕迹。

我编刊物的时候，头回承蒙领导信任，就出了个大错。三校之后，领导让我去"对红"，对完之后，领导说，既然你在印厂，就不必再出样子了，你就签字付印吧。开机后第二天早上，工人们发现标题上一个应当是"召"字的地方，印出来的却是"台"，恰恰整个句子是"华主席号召"，变成了华主席号台，这个错，在当时几乎能治罪。不知多少人还绷着阶级斗争的弦，没事还圆睁着眼寻你的不是呢！"什么叫号台？台不就是台湾吗？台湾不就是国民党吗？国民党不就是蒋介石反动派吗？把我们的领袖与他们并论，是何居心？"有这种联想功能的，当时训练出至少两代人呀！我的领导是个超级好心眼儿，他想方设法封锁消息，求爷爷告奶奶，请印刷厂加班加点印了无数个"召"字（三号楷体，我记得一清二楚）。这也不是件容易事，得由拣字工一个个拣出"召"字（由于车间当时"召"字用光了，又到铸字车间铸了好些"召"字，我那次把印刷厂所有的"召"字都用完了），拣够了排出版，再上机印出来，当时并没有复制和拷贝技术呀！要在刊物进入"折大页"工序之前把"台"全换成"召"。"召"字印好后，得一个字一个字地贴，还得发动大量亲戚朋友（因为消息不能扩散），到印刷厂去贴"召"，大家用剪刀从整张纸上剪下一个个"召"字（具体说是三十万个），抹上糨糊糊住那个该死的"台"，还要求整整齐齐。贴了好几天，大家见面打招呼一律是："干吗去？"回答都是"贴召！"好像在说黑话！

印厂工人也抽业余时间来贴"召"。大家发明了流水分工，剪的、抹糨糊的、贴的。有主张先抹后剪的，有主张剪下来再抹的，都试过，还多次按干活人的性别、性情进行了好多次调整和分工，所有人都贴得晕头转向，这就是我闯的祸！幸亏当时不算经济账，我也用不着管大家饭。那几天，别人走得我走不得，不吃不喝地待在装订车间一张大案上贴、贴、贴，思想负担还很重，脑血栓没准就是那时埋下的。从那以后，就变得格外谨慎起来。成了惊弓之鸟，即使如此也免不了出错，当然，那次是最大的错，够我记一辈子。

后来害怕过头了，我和"头儿"往往半夜一身冷汗被吓醒，有些半"疯"了，症状是付印前夜，忽然想到某行字似乎没看清。于是常常大冬天从被窝里起来，顶风冒雪半夜跑到印刷厂看究竟。有一次去了之后，打样时，从木斗里往打样机上推版时，不小心把木斗里的一组"三校版"给摔地下了（合四个页码）。但听得"哐啷"一声，细绳拴着的铅版完全散了，这祸之大，差不多等于把一辆手工造好的设备弄散了架。所有在场的人都惊呆了，夜班工人得承担双份责任。一是散了版（还是三校版！）二是非法让我们进入车间（印刷厂严格规定不准客户进车间），我们是仗着和工人熟悉，偷偷进来的。看见我和"头儿"脸都吓白了，大家镇定下来，一个女工说，说啥也不抵事，重干吧。于是她把散了一地的铅字和铅条、铅块捡起来，从码字到排版，一直干到天亮，还搭了一上午，白天车间主任"老四川"看那女孩总不走，很是疑心，问"上了一夜班你怎么还不走？想当模范也不是这个干法！"多亏那女孩能言善辩，总算把这事给遮掩过去了。

至今我对那几个工人敢于承担的勇敢精神深存感激。其实贴"召"也很无奈，是件越抹越黑的事。谁能保证哪个读者不会因好奇反而要扒下那个"召"字看个究竟呢？但贴了就算是有补救行为，对上好交代。因为历来文字是证，也构成狱。

我对我的领导得感激一世，他本得背了大半生出身不好的黑锅，但出事后，他根本没向领导说这期对红签字是我执行的。

　　如今提倡和谐与宽容，是稳固的表现，虚弱者才害怕过头，总担心有人暗中算计，觉得"不拿枪的敌人依然存在"。害怕过了头，反会把事弄得更砸。我们弄散了版就是明证。

　　大家都多担些小心，用程序作保障，出了问题实事求是，设法补救，敢于担承，总结教训就是了。作为当事人还得有宠辱不惊的胸怀，权当是"毛鬼神"造访，不然都得惊成脑血栓。

2006年11月3日

"铁　楼"

大概是三十七年前，我到远在天边的潞安矿务局去探望小川。他刚与一群"知青"到那儿当矿工。由于路途遥远而且艰险，头一晚我住在王庄矿。

王庄距小川所在的石圪节矿大概只剩一华里路，不知为何，就艰险地停下脚步了。现在回想，没有车是一方面，更主要的是王庄集中了一批小川的同学，他们看到我这来自故乡的人，想把我先霸住，提前问问故乡事，同时也以接我为理由，让小川也来一趟。

这些知青刚来不久，我是第一个来探望者，于是成了家乡的象征，他们把我弄到一间杂乱不堪的集体宿舍，七凑八凑打了饭来，各房间的人都串到这屋，稀里哗啦胡乱吃过，最深的印象是饭碗，没一个是洗过的，每个碗边上都结着米痂，不知是累积了多少顿的。我们吃完，照样把碗往桌中心一推，下顿仍旧拿着这碗去打饭。用现在的话说，简直是酷毙了！帅呆了！我当时暗想，但愿到了石圪节不至于这样。

饭后大家便歪在床上聊天。从我进门就看到这屋子的天花板上粘着许多火柴棍，一根根密密丛丛，跟吊着蝙蝠似的。刚开聊，便只见大胡子点着一根烟后，扬手就把燃着的火柴向天花板一扔，那火柴"哧"的一声，便跟微缩"长二捆"火箭似的，带着火飞上屋顶，居然就粘在上面了，那点子火苗熄灭后，屋顶上留了一小团焦黑，倒挂的火柴棍便又多了一根。

今天的人们千防火万防火，动不动就是一场火，用现在的眼光看，王庄这几个知青简直就是纵火犯。但他们天天蓄意放火，竟至于能够稀里糊涂活到如今，天下大乱，可见一斑。

在接下来的谈话中，他们动不动就会扔上去一根。为什么会粘住？一是这几个家伙没事老练，更主要的也许跟那些永远不洗的碗有关，里里外外全都黏黏糊糊。

我虽然从故乡来，却并不知多少故乡事。于是他们便开始思乡。一个说家乡楼好多呀，另一个说其实也没多少。于是开始数，从五一大楼开始，邮局、银行……大家从记忆中搜寻城市的每个角落，总有人会补充些漏掉的。一直数到上夜班，数到了胜利街。纵贯了南北也着实没多少像样的楼。于是大家咒骂一通，闹闹哄哄地走了。

那天晚上我想起了"铁楼"。因为那是这些知青没一个知道的。一边想一边黯然神伤，当时以为今生再不复能到"铁楼"了。

"铁楼"不在街面，藏在两座小洋楼后面。便是那两座小洋楼也不显山露水，窝藏在破烂的小巷里。

小洋楼档次之高，从那时算起再数一百年也不落伍。

从我思念"铁楼"到今天，快四十年了，"铁楼"和它的依附体——那两座小洋楼——仍然好好地立在那里。我曾请童年与我一样，都住在那洋楼的朋友考证一下，他已经是这方面的专家。但他告我，可以一试，但资料太少。

没法查，只好推想。洋楼应当建造于清末民初。似听说原属当时的大工商业者而非官方或军阀。官家或军阀不会把宅第建到小巷里。况且他们也没有建高档楼房的财力，尤其是见识。洋楼的式样和用料来自德国，护墙板和门都是桃花心木，盘旋而上的楼梯扶手、卫生间的设施，包括门把手，无一不是真材实料。楼的底座完全是石材，阳台也是石雕栏杆。包括它的附属物，楼前树木、喷水池、太湖石堆的假山等等，也都有百年以上的历史了。这个建筑群从一开始就鹤立鸡群，也就是说，它的建造年代与它周围那些低矮破烂的贫民窟大体是同一年代。所谓"贫民窟"是用今天，或者20世纪50年代以后的眼光看的。稍加考证，就会发现，贫民窟当年也很有来历。只是它的建筑风格完全是地主老财式的，而蹲踞于其间的这两座洋楼，却是标准的欧洲洛可可风格之后流行的"新艺术风格"（Art Nouveau）建筑。所以在那条巷子里显得格格不入，显得过分异常，显得人高马大。基于此，推想得索性离谱些，这两座楼可能原本是打算建在柏林或彼得堡的爵爷府，或者是打算建在远东的哈尔滨或青岛，做殖民长官的官邸的，不知怎么搞错了，于是建到了目前这个地方，让人感到突兀。

刚解放时，新成立的市政府设在这里，不过毕竟地方太小，虽然高级，究竟是一个家庭的格局，没多久就盛不下政府了，于是至少是电影上列宁的话教育了人，《列宁在一九一八》中，史楚金扮演的列宁郑重地对高尔基说："我们应该给我们的艺术家和科学家，比规定的还要多出一千倍。"政府就把这个地方给了艺术家了。于是乎成了文联所在地。这就不是推想出来的了，因为成为文联不几年，我就随同父母搬进来了。

对小孩来说，这个地方极其好玩儿。因曲折怪异而神秘，甚至有诱人的可怕，足堪与当今《哈利·波特》中的霍格沃茨魔法学院相比。小孩们最喜欢去的地方就是"铁楼"。小洋楼太过庄重与肃穆，尤其是西楼，晚上进去会十分害怕，头道门进去还好，第二道是双扇玻璃门，很沉重，费力推开进去，身后发出嗡的一响，就沉重地关了。所有敏感些的孩子都不免有幽闭恐惧症，这道门一关，立刻会森森然寒毛倒竖。楼里色调昏暗，面对深褐色的门和楼梯，你会加快脚步，你会觉得身后不妥，心跳加剧，喘息声会形成回音，幸而厅堂不大，楼也不高，这一切不适，会在推门进屋后立刻隐没。

"铁楼"没这问题，因为它完全是开放的。

"铁楼"的建造年代应当晚于两座洋楼。因为它的功用是把两座距离很近的楼联结起来。"铁楼"其实是一座架在空中的桥，桥不宽，西边的一端下边是洋楼的一个拐出部分，于是桥的西侧依势建了个大露台。后来又依大露台之势，在洋楼背面建了一排两层楼，格局略低于洋楼，高度也略低，于是在"铁楼"两端通道之外，大露台后身又增加了大概五层阶梯，下去就是那座估计是下人或秘书们居住的楼房。当然，那楼房另有自己的通道，在大露台下东边一侧。

总之，以大露台为中心，包括洋楼后边的二层楼，合称"铁楼"，因为建筑到了这里，所有的栏杆都不再是石雕，而采用铁栏了（推想，不知是料不够了，还是钱不够了）。铁在当时的建材里也是厉害和稀罕的，所以并不掉价。我们在这儿玩儿，不影响大人工作和休息，而且开放露天，有多个出入口，还能站在高高的"桥"上远眺，所有小孩喜欢的元素，这儿都具备了。

我们把铁栏杆想象成军舰上的栏杆，把洋楼后边楼房的走廊当成甲板，我们在曲里拐弯的楼梯上来下去，忙得一塌糊涂，因为那是通向舰桥与轮机舱的舷梯。

恰在此时，机关又在后边那座楼房修建了另一座桥。原来过去的主人并没有给这下人的楼房建造厕所，现在则不行了，这座楼的一层成为书库，二层做了客房，客人不是下人，总不能让他们跑到洋楼里上厕所吧？所以第二座桥就是个悬在空中的厕所，里边除抽水马桶外，还有个洗手池，洗手池上方开一扇窗，正好面对大露台和另一道楼梯。客房里平时没什么人住，因此厕所也不大像厕所，便成了我们这艘军舰的舵房。我们雄伟地站在洗手池前，面对窗户，摆弄着冷热水龙头，完全地进入角色。一日，忽然前方一个背影步步升高，这个正上楼的人身材高大，一看便知不是总务科派来"镇压"我们的。接着，这人顺着楼梯转过身来，是一张陌生的面孔，他顺着"甲板"朝我们走来。

于是，刚才我们眼里的军舰便随着他的脚步恢复成了"铁楼"，刚才我们还坚毅上翘的下巴也一点点挂下来了。那人走到我们近旁，推开一扇客房的门，对我们说，进来吧。我们有些发呆：虽然经常在"甲板"上跑来跑去，可从没进过"甲板"一侧的屋子。另外，也没有几个大人对我们这么和气。便驯顺地进去，那人问了我们的姓名，请我们吃糖，之后就教我们唱歌，真是莫名其妙！他教我们唱《唱得幸福落满坡》，这歌很平，每句的调子都差不多，好学。最后合唱一遍，就被放回家了。走前，他给我们写了他的姓名，一字一顿，写得好大——史掌元。不久才知道他是个农民作曲家，教我们唱的歌就是《唱得幸福落满坡》，获了金奖。

"文革"开始，"铁楼"，连同洋楼，外带整个建筑物就被造反派占了，他们为争地毯和沙发打起来时，我们去看过热闹。又过了一段，文联被当成裴多菲俱乐部"砸烂"了。我们下放，造反派当了知青，大家都和王庄那些人一般百无聊赖。或扔火柴，或数楼房。被命运摆布的丁点主动都没了。

洋楼还屹立着，与它同龄的周边建筑或倾颓或拆掉了，铁楼成了《黄河》杂志编辑部。被放逐的人们仅仅领受到一丁点苦涩的乡愁，就又回乡了，好像拉开了幕，戏还没演便合上了，剩了这么点儿苦涩，成了这代人心中那点诗意。

直到今年，忽然在电视台一档很酸的节目看到了史掌元，确乎老天拔地了，还在唱《唱得幸福落满坡》，再次让我忆起了"铁楼"。

作家阿城说：我的许多朋友常说，以中国大陆无产阶级"文化大革命"的酷烈，大作家大作品当会出现在上山下乡这一代，我想这是一种误解，因为无产阶级"文化大革命"的文化本质是狭窄与无知，反对它的人很容易被它的本质限制而在意识上变得与它一样高矮肥瘦……又不妨说，近年听说先锋小说颠覆了大陆的权威话语，可是颠覆那么枯瘦的话语的结果，搞不好也是枯瘦，就好比颠覆中学生范文会怎么样呢？

我完全同意这一看法。

2006年8月24日

慎行者老华

老华还是个未婚青年时我就认识他了，那时我还没上小学。父亲机关有个根正苗红的女青年，孤儿院长大，一天到头唱：我把党来比母亲。可就是找不着对象。母亲在出版社，社里有个年龄般配的老华，有人便牵线搭桥，谈了没几天，这女人就到我家跟我母亲哭，嫌老华是地主出身。这是我第一次见大人哭，而且是为了地主。

孤儿姑娘来哭过多次，地主问题不知勾起多少伤心事，大人们做了不知多少工作，孤儿究竟是舍身嫁了老华。

婚后老华搬到我们大院，才从我记忆中登场。老华面容细白，温顺谦和，不多言语，毫无地主之意。步态从容，走路呈外八字，如戏里的小生，像极了王叔晖画的《西厢记》中那位作揖打拱的张生。老华晚上不爱回家，总在传达室和人下棋。常听大人们说，老华这后生学问了得，又很年轻，可惜是地主。

"文革"插队期间，我曾到地区所在地临汾考学校，那是下乡一年后首次进城，心情很不一般。老华一家在临汾药材公司"充实基层"。我到他家去，这是第一次见到离散开的旧人，格外亲切。老华正看书，不紧不慢地接待了我。为我备饭时，我翻看老华正看的书，是本教人如何写文章的教材。我看得很开窍，简直是一次"顿悟"。当晚，老华安排我看电影，叫他女儿陪我。他女儿贝贝刚上小学，还很纤弱，在街上时刻拉着我的手，不知是怕她自己丢了，还是怕把我这乡下人丢了。看的是朝鲜电影《看不见的战线》。

几年后，我参加工作，居然和老华同办公室。按理说，我应当称他叔叔，但为了表现公私分明，我没这么称呼，但也不敢直呼其名。从那时，一直到离开老华，二十多年，我一直没找出对老华称呼的办法。

我被分派做他的助手，每月出版一份内部杂志。他渊博的知识和严谨的作风对我影响很大。从那时起，我当了四十年编辑，直到退休。基本功大半是跟老华学的。老华在我面前说话很放松，给我讲价值规律，痛骂不按价值规律办事的行为，他希望国家能实行高工资低就业方针，让女人回家，既解放男人也解放妇女。他不再像张生，而像教授了。我心下暗喜：守着老华，何愁不长进呢？老华对我说话没遮拦，是因为他了解我，而我则从这时才开始了解他。

这时我才知道，老华家不仅是地主，还是远在吉林的地主。当年他未婚妻的哭泣给我印象太深，其实老华不过是全国千千万万个在表格中"家庭出身"一栏里必须填写地主中的一位。他自家连半天地主都没当过。老华20世纪50年代毕业于中国人民大学新闻系，毕竟是地主，既没分回老家，也没留在北京，折了个中，分到山西。山西对他还算高看，分到山西人民出版社当了编辑。正准备一展身手，不料赶上出版社出了本有关拉丁美洲闹革命的书，书中某处对当地领袖的称谓没跟上外交口径的变化，被认定为重大政治错误，因此，老华就从出版社出来了。

拉丁美洲真够魔幻的。切·格瓦拉在战死几十年后被中国人大"炒"一番，成就了一批聪明人；后来执掌国柄的拉美领袖则永不会晓得，这边厢山西出的书中对他的称谓，竟影响了老华一干人的半世。

出版社不能待，新闻单位更敏感，教书育人也不被信得过，满肚子学识的老华能去哪儿呢？最后他竟找到了电影公司这么个单位，寻得了存身位置。电影公司的业务是影片发行，管电影院，管电影器材，跟老华的所学没有任何关系。但中国有一支庞大的、迄今都无专人研究的、几乎无所不在的写作队伍，他们写作的文体叫作"材料"。和任何单位一样，电影公司需要写"材料"人才。老华便加入了这支或许是中国最大的写作队伍，专为公司写"材料"。

"材料"创作有大师级，当属中央政要，多数人属于一般等级。在中国，不少学中文的都在这方面有所建树。"材料"中有许多精品与杰作，影响力之大，堪称经国之业，不仅决定国家走向，还影响一国人之命运。"材料"的题材无所不包：国际共运、反帝反修、批"左"反右、成绩汇报、错误检讨、总结提高、深入批判均在其内。升官靠"材料"，杀人靠"材料"，搞革命靠"材料"，抓生产也得靠"材料"。如果想统计出新中国总共写了多少"材料"，比人口统计还难。连农村生产队，都有材料班子。汇报成绩、检查错误、考察提拔、打倒罢官，都需"材料"。

"材料"对单位领导的意义在某种程度上比实际工作还重要，至少任何实际工作最后都要体现在"材料"上。

"材料"文体有其特殊的讲究，须有专文研究。写"材料"的人也需要有异于其他文体写作的禀赋。最表面的要求是出手快，常有突发性需要，比如领导突至，马上开会，立刻就得有"材料"。容不得时间让你构思，必须思写同步，脑到手到，熬夜加班赶万把字的"材料"是寻常事。"材料"写作者必须具有常人少见的耐心与修养，绝不能追求写作过程和对象的新鲜感，也不能在文字中逞才或逞个性，即使你有道前人之所未道之才，有出语惊人之力，在"材料"文体里也必得裁化在"共性"之中。"材料"成不成全在领导一句话，写了一夜或几夜被否定，推倒重来，更是常事，必须不惮于改，且毫不沮丧；更重要的，得熟知"材料"写作中的套路，这套路来自上边，只有中央的顶尖"材料"才有出新之权，下边的"材料"队伍要保持高度敏感，觉察到每一细小的新提法，名词的新用法，排比句的新次序，文章如何开头，如何收尾，都有格式。"材料"作者们熟稔了这一切还不算，还得把这些套路与本单位的实际工作结合起来，证明这些套路是合于实际工作的，或证明本单位的实际工作没有违背上边的精神。所以一篇"材料"，初看平平，内底里裁文匠笔，隐情隐秀，底细大了去，良苦用心全托于近乎无辞之文，和所有学问一样，几乎深不见底。"材料"既可以改变"材料"当事人的命运，"材料"写作人的地位当然也就十分重要。

话说回来，老华其人四平八稳，忍辱负重，只是出身高了，理才短了，因此一向专以刻苦用功为乐事，天生是写"材料"的好手。找到了这么个位置，老华不是党员而胜似党员，不是领导胜似领导。写"材料"的一般都是党员。一时没发展进来的，只要肩负写"材料"重任，都可以列席单位领导核心会议，在本单位得风气之先。

　　和那个时代所有年轻人一样，老华早早就递交了入党申请，但直到三中全会之后好几年，老华已经有些无心插柳，才被批准成为党员。

　　和我同代的文学青年都瞧不起写"材料"这活儿，在老华的影响下，我知道这活儿不简单，也参加过一些"大材料"的准备工作。包括校对、油印等等。窥得了些"材料"的路径，使我在20世纪90年代"材料"遗风犹存时，屡次成功地为"文学事业"拉到了赞助。只是此时"材料"加了个外包装，叫"报告文学"或"纪实文学"。

　　后来电影公司要办一份公开发行的电影杂志。我被调去筹办。这份引人注目的工作本该有老华参加，但作为公司的笔杆子，写"材料"的岗位更重要，于是我和他分开了，跟着另一位对我影响极大的领导老冯干了八年之久。

　　八年后，我已是个年轻的老编辑了。而且当了编辑部副主任。这时，"材料"的用场已不比过去，老华被派来当了编辑部主任。成了我的上司。我俩共同策划的第一件事，就是改造办公室，把大平面打起了隔断，编辑们两人一间，我和他则一人一间，房门都装了撞锁，因为我俩都有独处的癖好。

他和我都把自己反锁在房里，他知道我的文学梦还没做完，鼓励我业余时间写点儿文章。他自己则在充满阳光的大办公室里享受自由。我相信这是老华一生中最幸福的时光。当时，我和几个编辑都在夜大补习，学习中无论遇到任何问题，只要问老华，所得都比上课要多。老华一生不能不做笔记，因此酷爱笔记本。单位有人出差到大城市，往往为同事捎买些小地方的缺货，老华托人买的一律是高级笔记本，在这方面他舍得花钱，他拥有各种各样的精美笔记本，但都用一色的牛皮纸见棱见角地包起皮来，一派要传世的样子。老华的字，正如其人，外秀内刚，秀中含稳，纤细精准，卷面整洁，细钢笔用朱蓝两色，出一错字，宁毁全篇，重新来过，使人疑心他在这方面有强迫症。以后几年盛行做家具，老华做了书柜，我才得窥老华笔记本之全貌。他的书柜中见不到各色书脊，倒像是一色的砖块，由于浩瀚，我不知道这么多本子里都写了些什么内容。有一次，刊物要发的一篇稿子涉及十六国时的一场小战事，这种偶发小事的资料，同事遍寻不着，老华却一清二楚，生恐口说无凭，翻出一个本来，于是我们见到了他抄录的"什么什么之战"的笔记，那个本子可能是战史大全，其他本子则始终无由得见。

老华对我很信任，喜欢在他愿意说话的时候，把我召进他的办公室，说一些知心话。他说他喜欢李商隐，而且对李诗研究很深，对李诗中深藏的恋情有他独到的推测。他精于律诗，当然熟谙格律，还给我讲过几首李诗。我俩的交往时间可谓长矣，但却是地道的君子之交，在我们的交谈中从不谈及家事。

但我知道乃至认识老华，是从他的家事开始的，因此对他的家庭十分了解。他的孤儿太太有蒙古人的面孔，却没有蒙古人的块头，根正苗红，准确说是来历不明。她的文化水平适足以看报，因此一生追求当模范。由于我们小时候她曾兼管大院少先队的事，我知道她是个为当模范可以奋不顾身的人。实在是她身边总不发生小孩落水、惊马挡车之类的事，就只能在历次运动中表现积极。在单位积极参加工作搞运动，在家努力改造老华，是她一生所做的两件事。她为老华生了两个孩子。老大就是贝贝，生在"文革"前。为体现孤儿不孤，机关为这孩子捐小衣服、捐玩具，没几天"文革"开始了，孤儿才知道机关领导原来"是走资本主义道路"的坏蛋，给她家捐东西是为了收买她，醒悟了，于是格外愤怒，成了"造反派"。生第二个孩子时，"文革"已结束，又知道原来骂的不对，但特殊历史时期，骂有骂的道理，她心里一直是充实的。被骂的也没怪她，她接着争当模范。在模范的目标和革命的对象游戏般变化的年代，她一心忙着左冲右扑，直到退休。孩子和家都顾不上管。

老华天天带着贝贝晃着八字步在机关的"灶上"吃饭。省城的机关，办公和家庭都在一处，有如前店后厂。开伙办灶一般是为单身服务的。老华全家上灶，是机关的唯一，也体现这个家庭的革命化。我工作以后，他仍然在食堂吃饭。老华是中国单位办食堂的终身受益者。一辈子没操过柴米油盐的心，既不操心买，也不操心用。80年代初，单位分房子，我和他分在同楼同门，他住我楼上，成了近邻。庆贺乔迁时，我到他家去，觉得他的房子比别人家大，因为除了床和纸箱之外，没什么东西。不像家庭而更像职工宿舍。及至我都过上了小日子，长我一辈的老华，仍然吃在食堂。为此，我常常疑心自己奢侈得早了些。

究竟比老华小一辈，不知世事之难，对很安生的日子，我居然厌倦起来，现在检讨是作登天之想。不过也是想做模范而已。在听了各种改革家的报告后，渐渐心性走失，蔑视我们的杂志，义无反顾地想做改革的"弄潮儿"，现在回忆那冲动的本质倒有些像老华的孤儿太太。我弃了小官和刚搞舒服的办公室，跨入改革之路，和朋友去办"同人杂志"。老华起初很生气，接着恳切挽留，说我在这儿干下去将会有很好的前途，并疑心我是不是与他的合作不愉快。后来，见我去志已决，才说，你年轻，要去就去吧，还有机会奔更好前程，这个地方只适合养老。

我竟然劝老华也投身改革，以"活字典"般的知识，在电影公司待一辈子岂不可惜？当时政策已经落实，老华完全可以回到出版社，也可以到大学教书，但老华顾虑重重，认为新人难容旧人，无论出版社还是大学，都没有合适他的位置，叹道：我哪儿也走不了啦，就在这儿养老送终了。我感觉特悲凉，一瞬间，年轻时的老华和今天的老华叠印在一起，心里生出深深的不舍和歉意。

后来我经历了些周折，正如老华所说，幸好年轻，仗着本钱调到作协，继续当编辑。但还和老华住邻居。这时相处就没有任何工作关系了。我每天能碰到他，迈着八字步从食堂回家。晚上在街上棋摊儿下棋或观棋。

老华在我的生活中出现，是和下棋联系在一起的，他是个棋迷，而且造诣很深，左近周围，没一人是他的对手，过去和他在一间办公室时，他就常常一个人打棋谱，嘲笑报上登载的残局够不上"残"。对他的孤儿太太的话，老华一般无有不从，只有下棋，老华顽固之极。即使把下棋定了罪，老华也克制不了这份瘾头。他几次郑重地对我说，可千万别像我这么爱棋。

前几年有人送我一副云子，老华闻讯大喜，借我入门教材，不时上门来教。偶有善此道者上门，我都要请来老华，看他们下棋手谈。弈棋时，老华常有深刻言论，令我振聋发聩，但往往就棋论棋，所以都忘了。棋当然每次都是老华赢，他总是失落地走掉。

最后一次到老华家是借用他家的电话。令我吃惊的是，老华正在家里用餐！夏天，他光着膀子，就一碗蒜醋凉粉，还喝着啤酒。我吃惊地犹如见到了妖怪！老华也颇难为情，像做了见不得人的事，忙解释，是贝贝大学毕业了，给他在楼下买了凉粉。贝贝长大了，还是乖孩子样，我刚好有了第一台电脑，她便常下楼给我当老师。但贝贝也有脾气，毕业回来的第一个夏天，一向安静的老华家就有了动静，晚上大家在楼下乘凉，忽听得老华家哭闹起来。细听是贝贝和她妈吵起来了。老华并不出声，罕有的哭闹让大家凝神细听，妈妈的厉斥，贝贝的痛哭，夹有老华的一点嗫嚅。渐渐老华将女儿带至窗前低语，但听得贝贝听罢大喊："什么小不忍则乱大谋！从小都听到大了……"

我搬家后，就不常见老华了，有一年，我到故居附近聚会，那里成了饭店云集的地方。我来早了，在附近溜达，马上想到偶遇老华的可能，正想着，就见到一个棋摊儿，人群里"扎"着老华，比以往更奋不顾身。我便转身走了。

　　老华后来活得很无心。不需要写"材料"了，一肚子学问，厚积而发也只是在掌管刊物的每期末尾，写几首绝对严格合仄合律的律诗。

　　几年后，听说他突然患心梗，必须手术治疗，作为计划经济产物的电影公司已经沦为零业务，但考虑到老华是老同志，一生未有任何差错，同意出两万元。但在手术前，他又突发脑梗，从此瘫了，直到去世。

　　乖女孩贝贝拒绝了母亲介绍的男友，要么不嫁，要么远嫁，之后经人介绍，嫁到日本了。若干年后，将攒下的一笔钱为老华买了一块墓地。她的孤儿妈妈，则向同志们告别，称已入教，从此浪迹天涯，径寻兄弟姐妹去也。

　　老华不老，终年未必有七十，但他年轻时，人们就称他老华。独我不能，理由前面说过。不过现在可以了，他已终年，我也已退休，称他什么也不会不敬了。

2006年4月7日

油条及其他

最早犯馋的食品就是油条。今天讲究健康饮食的报章杂志几乎已经把这一中国最寻常、朴实与美味的早餐给毁了。

20世纪90年代还不至于，当时的电视剧《我爱我家》中，老傅同志经常喜悦地看着饭桌一笑：嚯嚯！油条。现在则有个一脸邪性的家伙，天天在电视广告里蛮横地一挥说：我不吃油炸食品！真疑心是有人合谋把油条灭了。原因是利润过低，尤其是炸得蓬松胖大又金黄酥脆的油条，估计还赔钱。

我住的小区前两年早餐就只卖油条。在小区中央一个小园子里，天一亮就露天放十多张白色小桌，油条豆浆，还有免费咸菜。四壁全是二十多层的高楼，大家下得楼来，聊着天，吃着喝着，有座的坐着吃，没座的站着嚼，吃完或没完全吃完皆可随时就走，早点嘛，无非如此。流连在此的是退休老人，他们会在这个园子待到九点以后。

但大概前年开始，突然没了。满大街是镶了玻璃框的小餐车，自称是政府弄的早餐工程。不管谁弄的吧，油条没了。卖的是肉包子和牛奶热狗。谁刚睡醒就有胃口吃肉包子？小餐车看上去确如报上说的，挺卫生，因为没有油锅和溅了油的围裙，路过看看，我一回也没吃，气哼哼地自语：让爱吃文明的人吃吧！

我对油条的记忆可追溯到四岁以前。我家住的院子出门右拐不出三五步，有个叫西口的地方，乃是若干胡同交汇之岔口，平时聚着不少人力三轮车夫，有些许店铺，如果复原，今天看，规模大概仅相当于农村供销社。但这西口距离王府井百货大楼不足一华里，距离祖国的心脏天安门也不出三公里。我常被保姆牵着，到西口买油条。三根五根装在笸箩里，热热的带回来。西口的早上，满街全是油条香味儿。

之后到了太原，在五一路与府东街交汇处的东北角有家小馆（北城区区委大楼对面），历史很是悠久，可一直没发起来，大概就因为卖油条倒了灶。

这家馆子至少算得上五十年老店，至今还在。经营到现在，好像业绩不行，在太原餐饮业，肯定连中等水平都挂不上。不知多少后起之秀，开店不足十年，就已经厅堂轩敞豪华，办起连锁经营，甚至名声远播华夏。而那家老店，仍然古老地蹲伏在原地，也没个字号。由于这个店铺离我们院子不远，院里人就称它为"门口小铺"。

20世纪60年代这家小店火得很。当时府东街止于五一路，还没通到建设路，小店正处于丁字路口之东，门朝南开，店门如寻常人家，两扇木门板，漆成蓝色，以示与住户之别。到了冬天，黑色的棉门帘一挂，门脸与住家的区别就不鲜明了，只有门帘上的油腻标明着行业特征。木门里暖烘烘的，里边呈南北向的狭长形，仅在门口有不到十平方米的坐处，摆了两三只方桌，总为几个嘴唇泛油的老头盘踞。往里走就是操作间，由于狭长，厨师们很像在火车上干活儿。一排玻璃窗对面不变的风景，就是区委的红楼。由于地势原因，小馆的透明度想不高都不行，因为吃的人和做的人简直就混在一处，没有服务员，想吃什么您去说就是了。进门处有个坐在木桌后收钱的妇女。顾客交罢了钱和粮票，捏着小票进来，就可以看着大师傅干活，和面擀面切面煮面，烹炒煎炸，就在你身边。你可以在每个环节告诉他你的特殊要求，无非是面硬点儿软点儿，切得宽些窄些，那时的人吃不到多少副食，家里连炒菜油都没有，所以对炒菜，都说不下长短，但饭菜出锅可以自己动手撮一把香菜或葱蒜，非常亲切。那些盘踞在门口桌子上的老客，都是熟客。负责收钱的妇女如果爱写作，蛮可以写些本地的孔乙己。

我和院里的孩子，星期天早上会被派到那儿去买油条。那是一周最幸福的时刻，因为每礼拜只有一次，买油条是这个不上学的好日子的开端与象征，我们提着竹篮，互相招呼，女孩子往往都还没扎好小辫，散乱着头发，显得很不一般。有些女孩顾及头脸，往往冲窗外喊：替我排个队！从容梳妆后，再油光水滑地到小馆里来。她的同伴已经急了，因为快排到了，往往已经让过了后边几个，这时会抱怨一番，嫌那梳妆的女孩耽搁离久。"就你爱干净！就你要上厕所！"排队的老食客和炸油条的都知道我们是一个院的，对一个人代表两到三个人排队不说什么。听着她们抱怨，有时还打趣地故意挑拨离间，但绝不会容忍一个人代表全院的若干人家来站队。我一向不委托他人排队，怕有纠纷。而且排队虽然麻烦，也有期待。看着一点一点接近，到最后自己也拿到一篮油条，很有成就感。且不说那馆子油条炸得有多好了，连找回来的钱和粮票都油乎乎的，散发着扑鼻的香味。

下放到农村插队时，我常常怀念这家门口小铺铺和小馆里的人。

偶然回城，与朋友去了一次。城里在为备战到处挖地道，"门口小铺"附近乱七八糟，矗立着不少土堆，看去已没有一丝温馨之意了。走近前也嗅不到丝毫油条的味道，我们意不在吃，纯为访旧。不料馆子忽地翻脸不认人，不是不认我，而是所有人都不认，店面扩大了，也招了服务员，个个凶得好像是干刑侦或管教的，她们把破豁了齿的碗（没见一个囫囵的碗碟）狠狠地放在桌上，厅堂里四处厉声喝着：自己取筷子！我们不伺候！见如此险恶，我们急于结束，于是一通狂吃，刚站起来要走，服务员说：站住！我们战战兢兢说，钱已经交了。服务员指着桌上半碗剩米饭和一盘充满哈喇气的炒菜，说："不许剩！毛主席教导我们：贪污和浪费是极大的犯罪。吃喽！"我们好说歹说，道歉检讨，说我们眼大肚小，容我们把这美好的饭菜带回去享用，但根本不能通融，必须当面吃掉，否则休想出去。

于是我们在服务员的目光中，丢人败兴地吞、羞愤交加地吃、肚子鼓胀地塞，脸红脖子粗地出门时，撑得眼珠都暴出来了。有过这么恶劣的行径，我再也没去过门口小铺铺。难怪五十年也没长进。

因为确属微利，卖油条的应当很有职业道德才行，指望赚大钱，当然不能卖油条。油条最适合早点，早上胃口不开，需要比较浓重的味道开胃，油条是素食，但经油炸，香嫩可口，清香扑鼻。即使人还没醒透，闻到油条的香气，消化系统也会立即启动，所以这种食品应属是国粹精品。但这种食品既不宜于家里做，也不宜于大规模做。必须控制在一定范围，才多少合于性价比。因为需要较多油，还得现做现吃，不能剩。所用之油，其实并不直接吃，而仅是油条烹制所需的环境，如同洗漱之用水。所以，三五口的家庭做不了这东西，旧式大家庭倒是人多，但往往分灶吃饭，也弄不了这个。只有像"门口小铺"那样，附近有百来户人家的社区村落，才比较来得划算。

我本人认为油条应当在市场经济中存活下来，发扬光大则不敢指望，就和我认为中国一流的午餐——兰州牛肉拉面一样。几年前我和立仁在兰州最正宗的马家面馆吃过一次，确实美极。我俩一句话没说就把头一碗吃掉了。要第二碗时，店家问是要大宽还是小宽？我俩协商，一碗大宽，一碗小宽，以便分别品尝。上来后，立仁说："不行，我这碗大宽总共只有一根!"一碗面做到不可分割，可见多么精到。

马家做面的秘籍不外传，所以格外好吃。另一家认为没什么了不起，不就是拉面吗？于是借了兰州拉面之势办起了连锁经营，曾经火遍全国。据说马家后代也很羡慕，但马老汉不答应，他宁愿不发财，也不放弃秘籍。宁愿放弃风光，也不放弃好吃。为艺术而艺术到每天派人到儿子的分店送老汤的地步。如今老马还是老样子，虽不发大财，却没倒了牌子，而那家火了几年的连锁拉面店却不复风光。

　　我经营过一种电子产品简称解码器，中国的食品和文化似乎都需要解码器才能接收。油条也罢，拉面也罢，戏曲也罢，诗文也罢，信号都是经过编码加密过的。只有出生或生活在这儿的人才有解码能力，才能领略。前天晚上和小川一起吃红面擦尖儿，聊起了上党戏、眉户戏、道情戏，就让我想起了解码，不过油条没必要解码，人人皆能领受，连小孩都喜欢。好吃而已，谈不上美食或文化。但如果不能在市场经济发展中存活，非为生猛海鲜灭掉不可的话，就只好将它和戏曲之类一起，列为文化遗产了。

2006年7月14日

"上面"的小屋

　　小时候住过的四合院，正房建在基座上，基座高约一尺半，正中有三级浅浅的台阶。台阶是给正经人走的，男孩到了八九岁上，就开始无视这一安排，偏从台阶一侧直接跨上基座。基座上铺着彩色瓷砖，两根黑色的方木柱，隔开了正房的三楹开间。正好是张挂楹联的地方。柱子一侧是"天增岁月人增寿"，另一侧是"春满人间福满门"，横批四个大字"万象更新"。小毛的爸爸是书法家，年年是他写这几个字，如果有人揭了保存到现在，当然是无价的墨宝。

　　从台阶上得基座，距屋门有两三步，入深近六尺。正房两侧有东西耳房，门相对开，相距丈余，基座上这一块皆在屋檐之下，故可以铺设瓷砖。我记事时，我们住正房中间的房里。东边是郭大娘一家，西边则住着天津老王。三家其实从屋内就可通达，所以，屋内但有门处，必摆上难以挪动的家具，比如床、柜子之类，借这些家什把门封住。这样，一溜房子才能住三户人家。

　　院子是大家共用的客厅。没有外客的时候，大家在院里聊天，小孩们在院里玩耍，小女孩玩过家家，大女孩当众梳妆；男孩子转圈瞎玩儿。大人们午睡前往往会在外边交谈。无论四季，只要天气好，女人们会坐在基座上织毛衣。大家一律管基座上叫"上面"。我幼时常在基座上呆坐，记得总是在下雨时发愁。老保姆把基座上的瓷砖擦得贼亮，但上面也不免放置白菜、煤糕和杂物。

"文革"开始，原先住在楼上的父母给轰出来了，西屋里住不下他们，恰好基座上东耳房空着，他们便住在那里。当时我常常被叫去为父亲抄检讨。小耳房还有些从楼上携来的资产阶级余韵，窗下有两个沙发，中间摆着写字台，写字台后是席梦思床。写字台仍然是玻璃台面，上边有绿玻璃罩台灯。还有热热的真空胆瓶沏的红茶。墙角的紫檀木花架上还有一盆兰花。拥挤但很温馨。可惜我进来只能抄检讨，不，当时的形势已经是认罪书了。鉴于这等情形，父母这间小屋家人不擅进，独我能奉召而入。

忽一天夜里醒来，听得有人由东边花栏墙跃入，从里边打开院门，接着径奔西屋砸门，我赶紧下床把门打开，一个怒气冲天的人问这里是不是我父亲的家。我说是。那人喝道："说！人呢？"威胁的口吻很重。我虽然只有十三岁，到底也是个男人。我没有回答，反身向床走去，不紧不慢先钻进棉被。当时是隆冬天气，那人也不好说什么。我在被子里抬起头来跟他说："不知道。"岂料，应着我的话音，父亲已从基座上那间耳房赶来了。于是半夜三更抄起家来。来人有男有女，点着名要《金瓶梅》。那时我不晓得《金瓶梅》是什么。现在想，就是那几个男女造反造的半夜来了"火气"吧，怎么折腾也不够刺激，不知何方高人告诉他们天下有这么本奇书，于是便欲火熊熊地奔文联宿舍来了，一心以为画家的家里必有《金瓶梅》甚至《春宫图》。

交不出《金瓶梅》，父母便也别想再住那间耳房了。西屋再挤，到了"文化大革命"就不挤了，那帮人把父母从基座上边的耳房轰了出来，什么家具也不许搬。他们自己住了进去，把门一闩，便听得男男女女在里边闹闹嚷嚷起来。

深更半夜，家里满是字纸，瓶倒桌子翻，连面缸里的面都被他们舀出来拨洒在地上，可见其欲火中烧，可见其力比多发作到何种地步。毕竟是半夜，没有收拾的劲，全家便在这狼藉的屋里，相与枕胡乱睡了。

数日后早晨，那间小屋已被砸烂了。原来是他们的对头追将过来，在小屋与他们大战数回合，之后双方弃屋而去。不知又斗到何处了。

父母再也不愿再住。于是我和我哥进去，先安好门框上掉下来的门，再用硬纸壳钉上了窗户，房里的一切木器全都砸成了劈柴。我们扫出碎玻璃片，支了两张单人床，从此成了我俩的宿舍。这也是我独立于大人，有自己独立空间的开始。

我的少年从这儿开始，一直持续到十七岁插队。

由于在基座上，全院人都管这间房子叫作"上面的小家"，简称"上面"。

我和我哥拥有一个书架，至少书架上还有《郭沫若文集》《茅盾文集》，还有《新编增图补注绣像石头记》全套。此外，还有高尔基的三部曲，拜伦的《堂璜》、但丁的《神曲》等等。此外，《译文》杂志还占了柜子的半层，另一半则为《诗刊》所占。当然没有《金瓶梅》。这些残存的书不仅我们看，也成了吸引我哥许多同学的磁铁。于是这间经历了洗劫的耳房渐渐热闹起来，天天有他的同学来，高谈阔论。他们已经十八九了，与我大不同，老在考虑前程，甚至也有人考虑爱情。

至今我都不明白，这些只比我大三岁的人，为什么那么老成？他们好像什么都等不及，要工作！要爱！也不看看是什么时候！结果工作没好工作，凡谋了爱的也一律自讨苦吃，还不如我们，就是玩儿！结果不久后，他们全都到煤矿当了工人，又不久，个个有了对象，还带回家来。也许在他们眼里，当时我们已经玩得太过火了，竟认认真真组织了乐队，在"上面"小屋齐声演奏，自己叫好。也许在他们眼里，我们这些男女孩子的关系，比他们对象之间还要热火！我们无论怎样热火，就是一点也想不起"搞对象"。

哥哥走后，我和小林住在"上面"。因为我俩全得了肝炎。"上面"成了隔离室。一日，我俩坐在被那一夜战斗撕烂了的沙发上，无意间伸手向沙发缝摸，竟有大发现！硬的，金属的，管状，乖乖！该不是手枪吧！费劲掏出来，居然从里边找出五六个（也许更多）铜水龙头。我俩全上交了锅炉房的刘师傅。

肝炎不知不觉好了，也许根本就没得。有了这小房，就想干点背着大人的事，于是决定抽烟！小林从他姥爷那顺了两根"三门峡"，藏在墙上原先一个电门开关的凹处，熬到夜深，我俩便点着抽起来，每个孩子都有叛逆的一日，那也是长大的时刻，这一时刻最喜欢做的，就是大人不准做的过头事。

我俩抽了半根，难受起来，再也不能抽了，便又藏回原处。

之后，"上面"以藏污纳垢著称于大院，吸引了许多孩子来。除了抽烟，还拉二胡、拉提琴。后两样与抽烟在当时同属不端行为。不久后，机关大人全去了中央学习班，这间小屋便彻底无法无天啦！住进来五人以上，大家挤着、打闹着，每个人都生了虱子，晚上一起捉着玩儿。

下放前，我们借来留声机和几大摞唱片，还喝了些露酒，放大声音听唱片。如果再迟几天下放，估计我们自己也快把"上面"砸了。

现在，那个院子已经拆了。记忆已很零碎，但有个碎片很完整，那便是小屋的门，原先砸烂的玻璃始终没换，一直遮着一块硬纸片，硬纸片下方早已撅起，因为大家都从那儿伸进手来开门。我们得已秘密地拉琴、抽烟或做其他肆无忌惮之事。所以，门随设而常关。我们能认出每个人的手，比如，小毛的手细长，新民的手很胖等等。每个朋友都知此暗道机关。值得一提的是，有一天小毛爸爸也把手伸进来了，他打开门插销走进屋来，丝毫没有指责我们，只是告诉我们是起床的时候了。

小孩的秘密得到了尊重，大人原本就门儿清。在这种教育中，我们渐渐不再需要小秘密，反正一旦没人管我们，我们反倒再也想不起来抽烟了。之后，发现脏兮兮毕竟不好，便人人清洁起来。

那个小院子，"上面"那间屋子，离开已经三十多年了，没有留下照片，只剩下磨不掉的印象。

2007 年 5 月 22 日

小杰克

　　我读书开始于20世纪60年代初，所上的课，十有八九是大人话，不知所云。启蒙时候恰恰好是从"大跃进"到"文革"，我之知道英国，是因为那时候唱"跃进！跃进！大跃进！快马加鞭向前进！向前进！不到十年赶上英国，中国人有信心！"知道美国，则是由于一首动人的歌，歌曰：

　　　　小杰克，小杰克，美国黑孩子小杰克，
　　　　请你告诉我，你怎样生活？

　　　　我今年已整七岁，还不能去上学，
　　　　为了活命当童工，整天受折磨。
　　　　……

　　表演时，前两句是中国女孩唱的，深情款款，充满牵挂。后两句是扮作黑人儿童的男童声唱的，曲调凄苦哀伤，令人心碎。每唱到这儿，就有抽泣声在台下响起。

　　我们都羡慕深情的中国女孩，那是学校一个好学生扮的，代表着幸福的中国孩子，模样周正。标准的功课好、长相好、家庭好的三好生。

对那个小杰克则无限同情。幸亏知道这孩子本是另一位三好生扮演，不然真想掏出自己衣袋里的所有玻璃球送给他，也恨不得赶紧长大，去解放生活在美国的千千万万个小杰克。

我们还学除四害，学大炼钢铁，学警惕阶级敌人。到"文革"，连好听的《小杰克》也不让唱了。说是资产阶级人性论。

我小学六年级，运动就爆发了，老师也挨了斗。有回走在街上忽见远处有许多人，走近看，是学校老师，戴一顶足有一米五的高帽子，脸上涂满墨汁，脖子上挂着大牌子，写着她被打了红叉的名字。她自己则敲着一个破脸盆，边敲边喊着痛骂自己的口号。一旦她喊得慢或声音低，旁边就一顿催促，加上四面八方的唾沫星子。我不是个好学生，觉悟不高，喜欢唱《小杰克》，同情弱者，看见这等惨事就怕。

从那天起，我再也没去过那所学校。

王晓波说，如果我们学得好，按照那年月读书所教给我们的，脑子真被灌输了那么多真理，本应是热衷于斗争的。我其实是偏离了那种教育的目标。

我不好好学，或者多数情况下还"反着学"，所以不好不坏地长大。随着青春期荷尔蒙的增加，又不甘寂寞，总想说点不同的话。可水平有限，想反动又不会，曾悄悄和同学探讨"修正主义"究为何指。最严重的一次，我和朋友跑到郊外，坐在一个桥头骂了副统帅一顿，骂他声音难听，面有奸相。可证我们的识见和交情之厚。两三年后，副统帅果然倒掉，我们很得意，以为有先见之明，不料批判时，又说他的坏处根本不在奸相，而在于与"孔夫子"相同，我们大感诧异，只好说，绝对没批在点子上。

读书时代灌输的力度不可谓不大，但我愣没听进去，这也许由于喜欢音乐，比如，《小杰克》就听进去了，至今还会唱，唱得投入还会感动。

不去学校了，就学乐器。家里人非常反对，邻居也嫌恶。但实在太着迷了，竟没皮没脸顶住，无师之通地入门。最后居然凑了支乐队，有时受人之邀，给某个宣传队去伴奏，算是兼济天下，完后往往还管饭。多数时间独善其身，大家合练一曲，在小屋演奏，一曲终了，自己欢呼。我们把能搜罗到的，本该被粉碎的有剧毒的唱片全找了来听。勇敢得像地下党，天天泡在资产阶级人性论里，用手摇唱机，怕人发现，就用手捏着唱针，听唱片被划出来的声音。

与《小杰克》题材相类似的，还有李劫夫先生创作的《我生在哈瓦那》，传唱更广泛。因为曲调简单，好多初学乐器的，就从这首歌入手，一直到演奏熟练，也不大记得这首叙事歌曲所讲的故事。不过这首歌因为劫夫先生后来坏了事，没人唱了。与此相关的国际题材歌曲还有配合上街示威游行的歌《要巴拿马，不要美国佬》。这首歌曲调简单如口号，中间连续唱四次"巴拿马"，最后一次要高上去五度。音乐老师教唱时，为大家不是少唱或多唱了一次巴拿马而大光其火。她用鸡毛掸子敲着桌子，前三句向下敲是巴拿马，将掸子扬起来时，是高五度的巴拿马。掸子敲断，而且鸡毛掉光，终于搞定，上街一唱，满街都唱乱了，全市的大喇叭里是混沌一团的巴拿马。不仅不记得反复几次巴拿马，而是此起彼伏、没完没了的巴拿马。更不明白的是：巴拿马是啥？是匹马？还是人？假如是个国，也不知在哪儿。只知道是被美国欺负了，我们游行大唱，美国必定会吓破胆。

生活在斗争时代的我们，听到的都是斗争的曲调，昂扬到与人无关，能够传唱的旋律，大半得从少数民族风情里找，于是那时候的年轻人都唱《天山南北》《海兰江畔》《金珠玛米》《噶拉雅西》。

英雄主义的情怀要高昂，要有斗志，要响亮，要热烈，所以没给轻柔留下空间。外国歌曲里有，很多，却贴满资产阶级人性论的标签。中苏交恶，连《喀秋莎》也不能唱，让好些50年代喜欢过这首歌的人感到失望。

构思能力深湛的词曲家，巧妙发现，轻柔只能献给子弟兵，但分寸还得掌握准确，务必不能涉及爱或联想到情爱，所以《老房东查铺》这样"投篮准确"的歌曲现焉。年轻脆嗓子的女声绝不可以"半夜三更来查铺"。但老旦型的呵护，毕竟解决不了年轻人才有的情感，这歌再取巧，不过是老太太感情，搔不到痒处，让戴着手铐跳舞的音乐家为难极了。我们的音乐教育就更是无迹可寻，官家无教材，有的只是各项禁令。

说实话，当时拉舒伯特《小夜曲》也不知道歌词，就是喜欢旋律。当然也喜欢旋律中表达的柔情蜜意。一日，到朋友所在的工厂，不慎拉了回《小夜曲》，竟被人听了出来，领导找我的朋友，告诉他，厂里因此要开除他。这是我拉琴生涯中闯过的一场大祸，几乎把朋友的饭碗砸掉。

歌曲可以用美的旋律包装丑陋的东西。这个命题在80年代《读书》杂志上有过研究文章。苏联有这种情形，法西斯也有，"文革"更有。但"文革"中所谓美的旋律其实很少，即使有，也经不住被单调给打磨掉了。

那些文章举了许多例子。比如苏联歌曲唱着"我们没有见过别的国家，可以这样自由呼吸"的时候，正是"大清洗"的时期。德国法西斯时期，也创作和传唱过不少斗志昂扬的歌曲，但很少人知道《小杰克》这首好听的歌。

20世纪末，我到美国公干，会议顺利，心情大好，美国同行特别派一辆大林肯送我们从圣迭戈到洛杉矶。走在高速公路上，周围是阳光下的花红柳绿，连老太太都那么灿烂。我忽然想起《小杰克》来，在飞驰的车里把词念了一遍，行者有位老领导，甚感诧异，以为是我胡编的，非要我唱一遍方信。于是我认真唱了一遍，曲调把他都打动了。他惊叹：真没想到，当年能胡说八道到这种地步。估计这首歌的词曲作者都没想到，有人真把这首歌唱到美国去了。

从圣迭戈一路唱到洛杉矶，一下车，我便跟成群的小杰克一同逛迪士尼乐园去了。

2007年1月8日

花有贵贱

前两天写了篇关于小学的短文，不是很恭敬的口吻，没办法，乃是格物的结果。其实如果多少具备思考能力，常用的那种虚假尊师口号，都会把人酸倒麻翻。

我非常赞同基础教育均衡化。就像杨东平说的"一张图纸，建全国所有的中小学校"。便是校长老师，也实施轮换制，这样做，对学生才公平。

我上小学的年代，孩子虽然一律是"祖国的花朵"，但花朵与花朵不一样，学校会把刚入校门的孩子予以甄别，编入不同班里，大概算是初择良莠吧。可是那么小的黄口小儿，怎么个择法呢？如果你有双"教育家"的眼睛，便是在产房里都能择的。

反正"德智体"没有准确要求，和中国的许多概念一样，是可以随便解释的，比如"德"，在那时多半看出身，官家和"豪门"子女得另眼看待。所谓"豪门"指父母的工作单位，在当时多指"大院"——党委、政府、新闻、文化、部委、部队的机关大院。此外父母做医生的亦可算"好后代"。本来"智"和"体"，是可以考察的，但对初进校孩子的考察，往往和坐堂老中医把脉差不多，望闻问切一番，大抵眉眼可人，说话机灵的即可脱颖而出，长相不好，身体缺陷，穷的，多半另编一班。算作稗草，此后浇灌也不一样。

我上小学时，班里有许多劳动人民的孩子，他们的父母有工厂工人，有拉三轮的，赶大车的。这些孩子衣衫褴褛，肮脏不堪，言语粗鄙，野性实足。遇上势利眼的老师，他们就很倒霉。但遇上不势利眼的老师不易。所以他们即使功课好，也因"拿"不出手，上不得台盘，而丧失许多机会。我有个同学，父母在新疆生产建设兵团，从小生活在他奶奶家，从外表看，这孩子跟"叫花子"差不多。我在《红门里的我》中专有一章写到他，这一章名为《秦呆子》，录于下：

> 秦呆子得这么个绰号，因为他像个呆子，而不像其他，我相信他即使在其他城市，甚至其他国家上学，也会落下这个绰号。
>
> 虽说他是个典型的书呆子。但我可以保证，在他六年的求学生涯中，除了课本，从没看过一本完整的书。
>
> 秦呆子家在我家斜对过。即使我后来到贫困山区插队，也没见过比他家更糟的去处。贫困山区至少没有那么高密度的人口。他住的那条街名叫精营街，明末还与王府沾边，进入近代，便被几代执政当局忘了，根据街名推测，或许最初是屯兵之所，因为距此不远还有"校场巷""赛马场""辑虎营"之类街名。这一区域的整体调子是浓重的俗气裹着肮脏，一条土路两侧，院门一

个挨一个，每个院里居住的人家，都超过额定住户的数倍。人们没法不接触，没法不认识，没法不时时刻刻打交道。

由于人家几乎户户相通，因而有共同的习性，共同的语调，泛滥着不为外人所知的暧昧。

秦呆子家院门上有匾额的痕迹，只是字早被敲掉了，单留了断断续续的外框，门洞里黑乎乎，散发着古老的气味，两侧堆着各家杂物，被踩得油黑发亮的硬土地中间，蜿蜒着排水沟，所以，一进门道，就涌来一股传统古旧和密度过高的人群气味，浓重的煤烟和黑色的废水味儿长期附着在堆放过久的杂物上，你必须快步走过门道才能摆脱窒息。

院里密不透风，枝枝杈杈，各家的煤池、土堆、箩筐将院子分割出勉强可见的小道。秦呆子家在院子深处，如果不确知，你根本找不到他家，在好几个转弯抹角的地方都会以为到了头，即使你已经面对他家小门，如果事先没来过，也还是看不出它是一扇窗还是一扇门。门上如果没有糊着发黄的纸，就更像一扇荆扉。推门而入，院门里那股味又会和着一股酸味儿扑面而来，秦呆子家有盘小土炕，炕上有只木箱，那就是他和他哥的桌子。只有秦呆子没说过自己家破，他也不觉得破。不仅如此，整条街上，只他一人不知道对面院里老人出殡，尽管那边厢号丧的、吹打的、念经的，摔盆砸罐折腾成一片。也只他一人从不知本院或邻院的姑娘出嫁或其他新闻。秦呆子也根本不知道这条街是贫民窟。

他个子很低，皮肤极白，而且薄，从脸上可以直接看见他的毛细血管，头发卷曲而黄，不大像黄种人。秦呆子没眼镜，却是高度近视眼，任何时候都眯着眼，伸脖颈，含着胸。在所有人看来，他都是个异类，只有他自己觉得很正常。终日背一只破烂如网的书包，到五年级时，书包里才有了一块石板，由于这块石板，他哥还把他揍了一顿，因为他哥哥上到初中，也没有得到过这样一件全新的、当时学生必不可少的文具。但是，秦呆子却没有照料好这块石板，由于他高度近视，由于他这样的人居然也有了石板，引起一些同学的注意，当他刚从书包掏出这块镶着白木框的石板时，石板就从他视线里消失了，他朝这群同学奔过去，却没有抢到任何东西，等到石板再回到他手中时，木框已经没有了。秦呆子气得把没了框的石板往桌上一拍，大叫一声：谁干的！话音落处，如银瓶崩裂，石板断成两块，一边像非洲地图，一边像南美地图。秦呆子把非洲地图给了他哥，自己用南美地图，南美地图那又长又细的尖儿，总是捅出在秦呆子破网书包的外边。

秦呆子数学好得惊人，每年发下课本，不出一星期，他就把数学书看过数次。不仅如此，还把他哥的课本也看过数次。可是他根本不以为然，不显山不露水，数学考试一向百分，由于其貌不扬，衣冠不整，口齿不灵光，老师一向没把他当个好学生。

放学回家他和我一路，路上总有同学在他身后摸他的卷发，他反应慢，从来猜不出是谁对他不敬。多数情况下，他低头走路，一路走一路捡拾纸片，贴到脸上看看，有些看下去，有些随手扔了。那些看下去的，会塞进破书包，有些会被夹到课本里。他的课本永远是卷曲的，老师常把他那揉搓成筒状的课本当堂示众。秦呆子低头不语，任老师和同学讥笑，下节课照样把卷筒状的课本公然放在桌上。

秦呆子喜欢天文学和航天技术，知道苏联和美国空间竞赛的许多事，总给人讲U-2型飞机的特点，同学不爱听，斥道：胡说！既然这么先进，怎么被我军打下来呀？他便哑口无言。天上有飞机飞过，他总眯着眼看半天，之后告你是什么型号。

有一天，秦呆子把一则消息带到学校，使人大感震惊，秦呆子说，美国上周发射的一颗低轨道地球同步卫星正悬在我们上空，如果他们愿意，可以清晰地拍下学校操场的照片。先是一个同学跟他吵起来，说，那附近的兵工厂岂不也被拍下来了吗？秦呆子说，是，没错。同学说，那工厂门口的卫兵不就没用了？秦呆子说那个卫兵的确没法阻止卫星拍照。二人越吵越凶，告到老师那里。老师也认为秦呆子胡说八道，而且长美帝威风，上得课来先把秦呆子训了一顿。秦呆子不服，拿出一张巴掌大的破报纸给老师看。老师看后更气，厉声告诉秦呆子别再议论这事。然而下课前，秦呆子居然主动找到老师，说，不仅有那张残破的《解放军报》，他手上还有一张上海《科学画报》的残页，也能说明美国间谍卫星的厉害。老师气得眼里冒火，瞪着秦呆子好久，之后狠狠把他的两张纸片撕了个粉碎，跺脚离去。秦呆子继续嗫嚅着，在大家下课奔跑的脚步中，趴在地下摸索着，把那些碎纸片捡起来塞进网状的书包里。

秦呆子的语文差极了。尤其是作文，什么描写、好词，比喻、状物、写景，一概不会。老师常出的题目，诸如《一件小事》《某课课文读后感》《我的星期天》都不会写。写出来最多三行两行。事情说完即止，凑不够字数。

只有一次，写了篇较长而且内容丰满的作文，还被老师批评了一顿，是记清明节扫墓。学校组织我们到刘胡兰烈士墓，大家坐着卡车走了两三个钟头，是小学期间从未有过的远足。秦呆子写了篇作文，竟有三个自然段之长，结果被老师批评道，通篇没有表现出追悼烈士的悲痛之情。

他家巷口儿有个出租小人书的摊儿，租一本小人书两分钱，如果蹲在摊上看，则一本一分。秦呆子一分钱都没有，便歪在别人旁边蹭着看，但往往被蹭的很厌烦他，因为他总嫌人家看得慢，不断歪着脑袋催"快翻，快翻！"

　　小巷本就脏，秦呆子在书摊蹭的浑身土，但越看书越顾不得脏，常常忘乎所以，指手画脚，对租书者做出不敬的事，不是让人骂，就是让人打。如果挨了打，秦呆子往往哭得涕泗横流，但常常哭到一半会忽然打住，因为发现有本喜欢的书被谁租了，便又蹭到那人脚下歪着脑袋看起来。秦呆子其貌不扬得不是一般，手上总裂着口子，鼻子总是吸溜吸溜，头又得几乎贴着书才看得见字，就他这副德性，被他"盯"上的租书者很少不嫌恶他的。

　　快毕业时，学校请了位数学老师，找了许多难题为我们练兵，练着练着，老师发现秦呆子解题的方法非常怪异，很吃惊，让秦呆子上台讲一下思路，秦呆子竟列出我们从未学过的种种方法。老师说，真没想到！全班同学也感到不可思议，只有秦呆子觉得大家又是在嘲笑他。

　　我至今不知道这个同学的下落，也不怀疑他是个人才，但只因当花朵时不够鲜艳。相信他错失了许多机会，不然何以半个世纪过去，到处没他的音讯？

2007年10月28日

"襄理"

星期天外出散步，在院子里遇到位惹人注目的老人，穿着件20世纪60年代末人人皆穿，而如今已很少见的蓝涤卡上衣，领子扣得一丝不苟，连领边的双排铁丝搭扣都一环一环扣着。平展的领子显然熨过。外套是件旧西服，年代或许比蓝涤卡还久远。旧西服敞着口，反衬着严整无比的蓝涤卡装。拄一根自制的手杖，一脸无奈的表情，旁边随着位勉强称得上老年的妇女，替他拿着只塑料小凳。经过他们时，那妇女向我问了句什么，我赶紧搭茬儿："什么事您？"原来她不过是冲着我自语，念叨着一种可供老年人推着的车。说车前边还有放东西的筐。见我问，便凑过来说这车，"好像南池子有家商店卖"。就这么大家驻足了。

妇女指着老人说，我们老先生行走困难，那种车也许有帮助。我们赶忙问老人身体。老人由着妇女回答，只是专心地看我，不时有欲说还休之意。妇女说，他自己感觉腰裂了，我们就在这座楼的四层，上去就下不来，每天待在上边，这楼是中国人民银行的宿舍，我们是1993年分来的，那时他可棒啦，上下楼不是问题，才几年呀，没想到现在给困在楼上了。

我们问：能调一下吗？调低点儿？

妇女说：现在还怎么调啊？

我想也是不能调了，1993年住进来是福利分房，现在都商品化了。

我们说话的时候，老人捣捣他的腰，仍然看着我。突然问："先生贵庚？"

一刹那我惶恐到几乎要说"虚度……"甚至"徒增马齿"之类。妇女喝住老人："别老这么说话，直接问岁数不得了吗？"我欠欠身说："不敢当，五十四。"

听到老人这一问的感受，如同大学刚毕业的女孩第一次过三八节，口中念念有词：妇女，嘿，妇女！

那妇女说话很直，说她观察我一阵了，以为也就四十六七的样子。

我问老人高龄，他伸出一只手做八字状，我们夸他够不错的。妇女贴着他的耳朵说：人家表扬你！老人不以为然。问我是什么病？我说中风，老人问，何为中风？我于是说就是脑动脉栓塞，亦称脑血栓的便是。这时老人向妇女要那小凳想坐下来，妇女说这是路中央，况且人家就要走，别在这儿坐。老人不依，要了小凳当路坐下。

我们表示可以去打听他们感兴趣的车。老人问：打听到怎么告诉我们呢？我们说：咱们总会在下楼散步时遇到吧！我们就住你们对面这楼。老人很吃惊：噢，你们就住对面？妇女于是说，你们这楼比我们的新，有电梯，我们这座，当时是最好的了。虽说三室一厅，可有什么用？老先生在家跟我说不到一块儿，可就是不爱下来，楼下到有不少老人，但他遇到些下棋和打牌的，从此就更不愿意下来了。你看，不还是下来好吗？她指了指我，意思似乎是：究竟也有比较好的老人嘛！

为了论述经常下来活动好，妇女说他们楼上有位九十三岁的老人，原来是王府井银行的领导，职务叫作什么？忘记了，反正很高。老人又突然插话"襄理"。"对，是襄理，到老来也是下不了楼，很闷，今年上半年去世了。"

自从老人熟门熟道地说起襄理，我和小马就想起《日出》。分手后，老人又把小马叫了去，一再地说，谢谢你帮忙打听，谢谢！

小马折返来找我时，我说，简直是李石清呀！小马嫌不够，手一劈，说：岂止，是潘月亭！

我这样的尚且在这个环境感到孤单，何况这恭谨文雅，一丝不苟的老银行？

往外走，有大批不孤单的老人，一律在做棋牌的勾当，吆吆喝喝，大呼小叫，好不热闹。

一样是赋闲，到底是粗人堆里快活些。只是打入太难。

2007 年 10 月 25 日

长了口疮还得笑

我生口疮的历史已经很长，最近才从电视里看到，这乃是不治之症。电视里常有不可信的话，但以我的岁数基本可以洞若观火，不会上当。可是说口疮没治，我却很信。这话不中听，却对。我就得了几十年，至今还不时犯，每回都用些什么法子治，至今也没能去根。

电视里这档健康节目对口疮做出的判断，是请教了专家的。专家说，生口疮的原因有许多，所以没法单纯把口疮彻底治愈，只能缓解症状，待其自愈。

中医说是上火，西医说缺乏维生素，两种说法都对。便注意不上火，同时长期就着酸奶服维生素。即使如此，最近还是又生出来。

恰在此时又看鲁迅《华盖集·续编》的《马上日记》，里边说到一种产于河南开封附近的特产"霜糖"，是用柿霜做成的，性凉，用这一搽口疮，便会好。于是注意地看下去，便看到鲁迅有多么喜欢小吃，还在人家向他说明这东西的作用时，他"已经吃了一大半了"。知道这东西的好处，才"连忙将所余的收起，预备将来嘴角上生疮的时候，好用这来搽"。

但是，到了夜间，他"又将藏着的柿霜糖吃了一大半，因为我忽而又以为嘴角上生疮的时候究竟不很多，还不如现在趁新鲜吃一点。不料一吃，就又吃了一大半了"。

顾不得口疮，只能大笑。但这还不算完，到了《马上日记之二》，他又提起了柿霜，看完就越发笑地把刚刚愈合一些的口疮又笑裂了：

有位姓高的小姐来了（密斯高）"适值毫无点心，只得将宝藏着的搽嘴角生疮有效的柿霜糖装在碟子里拿出去"。显然非常舍不得，接着他说到待客的点心，"最初是'密斯'和'密斯特'（即女和男。作者注）一视同仁，但密斯特有时委实厉害，往往吃得很彻底，一个不留。我自己倒反有'向'之感。"于是，想出一招，"以落花生代之"，这东西油得很，谁也吃不多，"我便开始敦劝了"，有时竟劝得生怕客人"因此逡巡逃走"。

我很爱听侯宝林先生的相声，觉得这一段比侯先生的相声还逗。

接着，强调男女有别，说"从去年夏天发明了这一种花生政策以后，至今还在继续厉行。但密斯们却不在此限，她们的胃似乎比他们小五分之四"，"吃去一点，于我的损失是极微的"，于是这位很少来的客人高小姐来后，先生便把柿霜糖拿出来了。

不料这高小姐就是河南人，比先生还知道柿霜糖的来历，所以他说"请河南人吃几片柿霜糖，正如请我喝一小杯黄酒一样，真可谓'愚不可及也'"。

所以，密斯高居然只吃了一片，"也许是聊以敷衍主人的面子。到晚上我空口坐着，想：这应该请河南以外的别省人吃的，一面想，一面吃，不料这样就吃完了。"

无论严肃的评论家怎么挖掘微言大义，这里边也就是个点心问题吧？最多是先生自己说的道理"物以稀为贵"。

搞研究的很少研究有趣，但有趣其实是不可缺乏的。现在倡导反对僵化，说明已经僵化到完全无趣的地步。"严肃文学""严肃音乐""严肃文艺""严肃干部""严肃人""严肃脸""严肃表情"，到处板板正正，连孩子们也被教得一本正经，真是难扳了。就连鲁迅这么有趣的人，也被塑造成一张严肃的面孔，"文革"时除毛主席像之外，许多人家还张挂着这张严肃的面孔，旁边有上下联"横眉冷对千夫指，俯首甘为孺子牛"。当时我看《狂人日记》，只看到"赶快吃罢"，便笑到要喷饭，看看墙上那张面孔觉得全然不是那么回事。如今三四十年过去，情况仍然没大的改变。

鲁迅确实不仅"好看"而且极其"好玩儿"。

人若无趣，不得口疮也讨嫌，治不好口疮，看了段书笑得更疼了，也觉得有趣。

2007年11月6日

多少偶然，多少黄昏

早想看罗伯特·路威的《文明与野蛮》近日购得吕叔湘译本。翻了几页已觉"朝闻道，夕死可矣"。

闻道太晚，这书是1929年写的，1931年周作人就介绍到中国，1932年吕先生就译了出来，我则是在中译本已存在了七十六年才看到，年近耳顺才听到这些道理，就算明白了又能如何？

想起戊戌变法之后的梁启超，总结失败教训是"民智未开"，他掐算着开启民智的时间是一百或三百年，从那时起就有许多人在做着这一工作，包括把《文明与野蛮》介绍并翻译出来，不能说不及时吧！可过了将近百年，我才开始看。

这近百年我这代人看的是什么书呢？不用多说，不外还是老圣贤和新圣贤而已，从格物致知，到好好学习，天天向上。

总是圣人为我解惑，结果越解越惑，还没老就被解糊涂了，何况已经老了。

圣人的道理总是强调必然，强调道理。

但是有什么道理？我目前坐在芍药居，面对生活与生命的那么多麻烦，道理何在？刘翔突然不跑了，离场而去，道理何在？有什么必然？我知道讲道理的人有一套推演之法，那法子很简单，我小学三年级就学会了，之后还要学二十年，所以早听腻了，讨厌了，谁一开口刚要讲，我就想跑开。

至今还有许多懂道理的，一天到晚穷讲、穷分析，一堆的无新意可言的朴素因果，已经成了僵化的老套子。

就是没人敢说，这些个"必然"的道理是琐碎的一派胡言。凡强调必然的都为让我们跟他走。

但是七十六年前的中国出版物就有了明白的中国字：文明之真实历史是怎样的呢？

"人类是既笨且懒的。在文明的进步上无所谓必然。守旧是人类的本性，自始至终，人类在胡乱摸索，像倔强的骡子似的咬住不合用的方法不肯放。'机会'占（文明发展）的很大力量。"

就这几句话，就可以说得清方才我的两个发问，至少比"道理"有新意。

罗伯特·路威先生很生动地具体描述了许多民族的兴衰，要人们放弃浅薄的乐观主义，说，人类不是自然的主人，也永远不会成为自然的主人，"我们轻轻巧巧夸口征服自然，其实自然已经定下界限，叫我们不能越雷池一步。"

人生不满百，常怀千岁忧。我们自幼被灌输的千岁忧是，"推翻旧的，建立新的"，是战胜自然，根治海河，根治淮河，铲除那个，打倒那个，办法总比困难多，愚公能移山，排除万难等等。我们于是颇有些个狠劲，因为道理告诉我们，没有办不成的事，人类必将战胜所有困难。

罗伯特·路威教授用大量事实证明：

"人类自有生命以来，十分之八九的日子只是胡乱过了，东跑到西，西跑到东，拿着石、骨、贝、木做器具，打些野兽，掘些芋薯度命。人类的进步可以比作一个老大的生徒，大半生消磨在幼稚园里面，然后雷奔电掣似的由小学而中学而大学。"

还有许多民族由于懒，而消亡了，比如1877年绝种的塔斯曼尼亚人。他们的消亡与气候、地理全无关系，就是一条，这些人一回到家里就立刻与外界断绝往来。

所以靠聪明才智不行，有些民族发达了，原因很简单，也很明确，"只是因为十个脑袋比一个强"。"正如一百万人里面间或会出个把两米四的大汉一般。"

我们却要所有的脑袋都按一种方法想事，把道理压榨得那样干瘪讨厌。

这个路威先生有意思得很，还特别提到，即使在百万人之中，"一个智慧上的巨人出现了，也许遭世嫉恶，身死刑场，也许搔首问天，赍志没世"。

所以，"一个民族也许有机会接触别的民族，也许没有机会，接触了，遇见新思想了，也许张臂以迎，也许木然无动。于此可见'偶然'之大力。于此可知文化史之无终南捷径，这该多么伤心。"

真是新鲜极了。这样看问题的人是研究问题，而非别有用心。

中国的文明太老了，像个固执的老人，什么都不信，因为"天不变道亦不变"，所以圣贤书都是一个意思。至今也是。

不由得想起我姨姨，她只是个乡下老太太，但积累了满腹道理，如果她成了塔斯曼尼亚人的首领，这个民族也许至今犹在。我妈买东西回来和人家叹息买贵了，我姨姨会说：贵是个贱，贱是个贵。过几天，那买了便宜货的告诉我妈，那个便宜的已经坏掉了。翻翻日历，是小暑节气，姨姨会说，"大暑小暑，灌死老鼠"，不须看气象预报，近日必会下雨。

但我很想启蒙我姨姨，并且常常付诸实践。我姨姨眯着眼听完我的话，只微笑地"哼！"一声，我就瘪了，知道根本不是对手。

路威先生所说的"老大的生徒，大半生消磨在幼稚园里面，然后雷奔电掣似的由小学而中学而大学"，倒像近三十年的国人，那么突然，那么迅猛，那么发狂，以致人不像人，鬼不像鬼。不得不由当局提醒什么是"本"，以什么为本。并且说建设"和谐社会"。不然就雷奔电掣地不知道扑到哪儿去了。

但总体看中国的文化太深厚，所谓"现代思想"，真难启蒙那么完备的道理。道理不管你说什么，最后总会"哼！"地一笑，满脸的厚道与宽恕，毕竟你还是小孩子喽！

2008年9月3日

燕园望月

中国最初办大学所秉承的人文精髓，就是批判和否定的精神，因此，北大毕业生不免以嘲骂母校作乐。但我们班是个例外，言必称北大者颇有几个。由于被这类人做了桂冠，北大在很多场合被砸了招牌，幸亏北大又是有容乃大之典范。

我进北大时，已经具有七八分的批判否定精神了，因为当时我已三十五周岁，如果连这点精神都没有，就只说明我是个傻瓜。刚进校门我就嫌它太过吵闹，作为读书的地方显然过分。没几个人懂得满招损，谦受益的古训，喧腾得仿佛偏要把业荒于嬉，行毁于随的规律颠倒过来似的。连从农村考来的孩子，为了扮得"像"北大人，都得皱着小眉头学着喝酸奶，吃冰激凌。一个个站着稀松，坐着抖腿，行行如也，侃侃如也。造就了饭堂、宿舍，教室、礼堂一律的脏乱差。女学生进校后也先要学疯，才能合群，忍着羞怯，扮个别样方能登场。即使是十八九岁，也太过分。

经过全球最残酷的考试机器的长期轧辊，终成正果，进入这个园子，如压簧骤放，快被压折的簧筋彻底反弹开来，张力实足。本该在小学就克服掉的毛病，这时颠倒更没遮拦了。不错，百年前这儿是批孔的总部，但当时批孔的人懂孔，他们运用的正是批判和否定的武器。而且这些倒孔骁将们，终其一生都恪守着读书人的礼仪和教养。而此时后辈，直是把放肆当成解放，把释放刚听说的"利比多"当成反"压抑"的日课。于是，时髦着"荒原狼"般的嚎叫，时髦着动物般直接而敏捷的即思即行。凡有所顾忌，甚至说话慢者，都被斥为"原动力不足"的夫子气。何为夫子？一般不懂，只听说是个以排行老二的古人为代表的腐朽习气。肯用功的或许能背一半句《论语》，庶有批孔之权，什么"割不正不食，不得其酱不食"，真蠢！也算学说？于是饭堂里处处不正，不仅如此，连如厕时也大大的不正起来，让我这样视秽水为畏途的人，内急起来如大难临头。

这种"批判"与"否定"骨子里其实全是从俗。该知事的青年不知事也就罢了，大人也如此装扮起来就难恕。但我周围的一帮人，带着社会经验和工资混了进来，却跟着孩子们一块疯。他们在这个大观园里，专意地撩拨少男少女，恣意制造着无根由的情欲和伤感。

先生们学问大，雍容而富雅量，绝不为难大家，尤其对我们，尺度极宽，熬够时间，包发文凭，本就是镀壳嘛！没人想为你换金瓢。

一般经验认为，儒者不过迂而已，我们这一干人却精得很。由于是"作家班"，上学也课程不紧，于是开练，骗子的本钱与道具可能仅是合法外衣上的一块补丁，而我们至少有两套完整的值钱外衣。作为作家，我们出手豪阔，在校内翻云覆雨，今天燕春园摆筵，明天勺园里设席，终日里三瓦两舍，把本就疯狂的孩子们弄得更疯狂。出了校园，索性两件外衣都披了，当时正是乡镇企业崛起的年代，两件外衣在乡下更是里外放光，炫得土豪们眼花缭乱，觉得有钱不够，还得有光。同班一位高手，居然想出个四美皆俱的主意：出一套由北大权威作序，北大人编撰的《中国企业家名录大全》。出版社不需投资一分钱，却可以全享发行收入。具体办法是：欲青史留名者，出五百元交两张一寸免冠照即可；北大学生皆可参与这一历史性典籍的编纂工作，每拉来一位乐意永垂史册者，可得一百元稿费，只需写百字以内的该人简介，百字百元，当然也就是一字一元，为中国最高稿价，撰稿者亦可在大典中留名。发行更好办，书里有谁谁买书。这事搅得大家乱了心，放假回家缠着爹妈找冤大头。爹妈本就该着儿女债，何况儿女又光耀了门楣，无有不努力的，于是人托人，事托事，最有效地配置了各方面资源，《大全》很快就出版了。乍一看，外壳和《不列颠百科全书》差不多。写的、被写的均成正果。本班同学全部沾光，都是编委。

我在这个轰轰烈烈的环境混了几年，在培育了百年英才的地方，却不得其门而入，想踮脚而去，又怕为了一口气，输了二亩地，太不上算。正腻歪着，一个过去的小哥们儿来找我了。

这小哥们儿是几年前认识的。那时，北大对我来说还是海市蜃楼。某个场合认识了他，刚从北大考古系毕业，发誓过两年再考北大研究生。在我来到北大两年时，他再次考入北大。为给他接风，我约他去喝酒，不出一分钟，主宾就颠倒了。一举一动，都见出他是旧人，而我倒是新人。从他身上，我才渐渐知道学校的每条暗道，知道何种场合该作何等应对，我越来越看出我们的边缘位置，我和他泡图书馆，跑教室找课，有时也到湖边闲坐，他不戴校徽，没买过印着毛体"北京大学"字样的T恤，而我们班一些人简直就像搞批发，一买就是一打，出了学校也够穿好几年。他是研究旧石器时代的，外表也像个旧人，万事中规中矩，横平竖直，一举一动，与学校那些大屋顶倒十分配套。跟他在一起，渐渐发现了苦读者。他们好像隐伏在地下，从昔到今，如草蛇灰线，隐约在这园子里绵延着。这些人没有风头意识，不帅，也不潇洒，好像什么本事都没有，在热闹之中不显山不露水。我依稀知道，趋之若鹜于显学者，皆无定见。北大太多飘浮在面上的"显学"，如天宫内外的瑞霭祥云，颇有人驾于其上供凡人瞻仰，只是时时风来云卷，转眼便成过眼之烟。

在我毕业前的一个秋夜，我和他坐在图书馆外的草地上纳凉，正逢月满，忽发看月之念。既然是在北大看月，我便问他能不能找个望远镜来？他果然到系办公室拿了一架高倍望远镜。于是我第一次看到了如此丑陋的月亮。那灰色的、满是疤痕的苍凉大地，哪能谈得上皎洁二字？具体的坑坑洞洞，只让人产生寂寞无边的绝念。放下望远镜，银辉仍然朦胧着燕园。李白曾叹："人攀明月不可得"，望一眼就如此扫兴，不得攀也就罢了。镜花水月之景，洞穿了它，也颇没意思。放下望远镜，我俩坐着，直到人们散去，燕园左右悄无言，唯见空中秋月白。

那一晚，我脑子里总印着那不空不明的月亮，颇有感触，又说不出。

此后我再没仔细看过月亮。月亮在我心中复又成为美轮美奂之物。美好的燕园，流水的丽人，逝者如斯，不舍昼夜。百年校庆那年，我接到邀请书，本打算去，后来眼看盛举隆重到校庆意义以外，便决定不去。两年后，偶然给我那小哥们儿打电话，这位留校的博士已调走了。

奇缘之一，他所调到的单位恰好在沙滩，当初搞新文化的北大红楼。

奇缘之二，我回作协后，为刊物拉赞助，写有偿文字，采访一个吝啬的山区企业家，为抬其价，他拿出一本《中国企业家名录大全》，翻到他的词条给我看，我则不慌不忙翻到扉页上编委栏中指着我的名字给他看。一旁的朋友喝道："真个叫：天王盖地虎，宝塔镇河妖！"

赞助因此成交！当时真感谢北大的宝塔！

2006年4月6日

囚在黄山缆车里

那天傍晚，我们奔到了某个顶，卖缆车票的窗口告诉我们，今天最后一班已经下去了。众人怏然而散。我的两个同伴刚好看到，一层云海正漫卷而来，便立于山顶观看。把今晚能不能下山，把到哪里食宿之类的事忘得干干净净。面对云海能想什么？什么也不能，只感到升腾与飘浮，什么也不存在般的缥缈。反正哪儿也去不了，就在云里待着吧。

也不知过了多久，售票员忽然跑来说，再过一小时，有趟维修线路的缆车上来，你们如果愿意等，就买一下票。我们如获救般地买了票。

能在如此美景中等，在我是最好不过的事。

上山一路，就在跋涉。赶路，跟着旅游者奔跑，找什么"十八罗汉背南海"或者"猪八戒背西瓜"之类的景点。耳听得五湖四海的口音"猪八戒在哪里？看到了。西瓜呢？""噢！看出来了！""罗汉呢？"导游这活儿也真辛苦，得一个个把游者拉到某一具体位置，于是那人方才觉得到过黄山：

"噢，看到了！照相。"

照了相才算是真来过了。

都是在课堂里看过《醉翁亭记》的年龄，没人在乎山水之间，只在乎照相。

陪我的主人一再问我想到哪边看看。我一进山就说，随便哪儿，置身黄山就可以。主人觉得既然来了，还是要多看看多走走。边走边告诉我，上黄山须"走路不看山，看山不走路"。因为路险山高，恐出危险。但他给我拍照，为了选角度，还是一脚踏空，险些跌落山下，幸而拼命抓住了石缝中坚硬的树根。我真感激这位两肋插刀的朋友。只在这时才将他按下，在一块岩石上坐了许久。

我在吕梁山待过，黄土高原没法跟黄山相比，黄山是艺术品，而黄土高原则是世俗的居所，而且是困乏之人的居所。人在那里是挣扎，在向黄土争夺延续生命的养料。幸而"看不见的手"分派在那儿的人不多，人与山之比，恰成《信天游》般的空旷，"对面山上的圪梁梁上"看见另一个人影，会大感稀罕，倘若恰是个女孩，山可为媒，那就必是放羊哥哥的"二小妹妹"，适龄的小妹妹跑到圪梁梁上的可能性实在微乎其微，多是放羊哥们的白日梦，拥有整个大山的小哥哥们看无可看，只有幻想，拉开嗓门唱。沟壑为之回想，仿佛有了一个同伴。

而在黄山，最难看的景致就是人了。黄山是仙山，只配仙人居住。不容人间烟火。在许多堪称造化的景点都有这种感觉。包括故宫、北海、颐和园，而黄山为最。但它的仙气强大到，即使游人如织，也无碍于山间游荡的仙气。随便选个地方，你就能感受到自古就引诱人隐逸的力量。你一下就会轻看许多尘间的事。

即便是个专职采购，乘出差之机，途经黄山逛逛，也会暂时忘掉购物的烦恼。仙者，闲也？你一下被贯入另一种魂魄，仿佛脱胎换骨。

夏天傍晚的山顶，仍然阳光普照，未觉风卷，云已舒散，露出山谷间层层绿色。接维修人员的缆车来了。纵然留恋，也得下山，便上车。

黄山缆车是个大玻璃壳子，可容百人，早晨上山时挤得满满当当，现在却只有我们两三人，大概山下知道还卖出了两张票，上来的缆车里仍派了穿着如空姐的两个服务员。

缆车顺着索道滑动，人好像置身环幕影院，可以看移动的黄山。我对于奇峰怪石叫什么名字没兴趣。只是一味地隔着玻璃窗看，下边有各色植物，晚霞在峡谷里像精灵，它迅速铺染了满山的植被，使绿更绿，红更红，山的明暗对比也越发强烈。但在另一边，灰色的阴云来与它嬉戏，比霞光更快地移过来，愣头青一般抱住了霞光，漫山泼洒下一层晶莹的雨水，缆车顶上也突然扫过一派喇喇水声。晚霞像个不示弱的姑娘，她定睛盯视着阴云，阴云竟不敢对视，绕往南边去了，于是那一层浇在晚霞上的水，放射出万道光芒，缆车的顶部竟似开了彩灯一般。有没有人在山的一侧，看我们这挂在山间的缆车呢？我们也必像浸淫在神光中的一粒光灿灿的宝石吧！

就在这最美的一刻，缆车停了。

滑动在山间的缆车停了，有如时间停止。

时间停止，对人意味着生命延长，但究竟是一种意外，陪我的朋友问那两个姑娘，为什么会停下，还要停多久？她们也不知道。我心想停就停着吧，就这么悬着不也很好吗？谁遇过如此美好的意外呢？

云挟着雨，又从山底涌上来了，像是迂回着找晚霞继续游戏，我们停留着，很快就被云包裹住了，从玻璃窗向外望，我像把守南天门的广目天王，腾云驾雾已经不是想象。我们着实在云雾上停留着，一动不动。

云雾像为所有的玻璃窗拉上了窗帘，两位姑娘倒有些不好意思起来，为活跃气氛，提议"合个影吧"。于是便合影在"天上人间"。

云升上去了，晚霞退回她的居所，西边的太阳也被她弄得纯红一片，不再晃眼。缆车仍然停着，纹丝不动，雨水又拂遍岩壁间的松树、山谷里的花草，白云眼看着化为丝丝缕缕的灰片，之后分而化之，附着在山体各处了，也许那就是它们的家。只在霞光闪现时，它们才飘然而起，阴阳交合一番，滋养山间万物一回？而被意外挂在空山的我们，成为唯一的窥视者。

淋洗了一番的山谷更加清晰，下面的花朵、叶片看得十分清楚。各种鸟雀在脚下飞着。仍未散去的云，只把山的一角给我们看，躲躲藏藏，闪闪烁烁，满山的暧昧。

当此时，即使山谷里活脱脱飞出一只五彩凤凰，你也不会意外。下面的深谷，是人迹未至之处，是至纯至美的处女地。如果要有人，那只能是屈原一类的高洁之士，当他"不周"于人时，便"朝饮木兰之坠露兮，夕餐秋菊之落英"。"制芰荷以为衣兮，集芙蓉以为裳。"在这苍翠之地，"佩缤纷其繁饰兮，芳菲菲其弥章"。下面不远，眼睁睁看，净属芳菲，一派缤纷，是全无人迹之处。

缆车的终于滑动，令我感到天下"没有不散的筵席"。皇上们何必派人到蓬莱寻找长生药？何必往皇宫大内揽千百嫔妃？待在缆车里驾五彩祥云不比哪样好？

有两个工程师在前方索道等我们，那两个服务员将缆车顶部的天窗打开，大家一起扶他们进入车内，一路滑下山来。

那缆车真大，足够摆一张办公桌，布置成一间宽敞的空中办公室，在里边工作的人，不会有在宇宙空间站的那份孤单，也不会有尘世干扰。那个位置不远不近刚刚好。

可是谁能如此呢？那两个姑娘倒每天往返多次，但如此悬停，尽览山景，她们也说是第一次。

后来我多次想起关闭在缆车里的那半小时（也许更长，也许更短，时间已经停止），感觉安逸得像横躺在双乳间的婴儿。

那无法不醒来的美梦。

2009 年 3 月 26 日

男小林和女小林（四篇）

一

有两个叫小林的，年轻时是我的好朋友，一个是男的，一个是女的。他们与我关系密切，但他俩并不熟悉，只是彼此知道。可见我们是真正的君子之交，完全是周而不比，和而不同。

十多年间，他们在我身边，但我们从没共同吃过一顿饭。在一起吃的，仅仅是我和男小林或我和女小林，这两个小林却是从不搭界。我与他们都是合作关系，伙伴关系，也算紧密，但不知为何，却从来没三人一起办过任何事。我和男小林在一起的时候，接到女小林的电话，男小林会说，这女的怎么这么能说，没完没了？我和女小林在一起的时候，也接到男小林的电话，女小林会讥讽：又有什么了不起的计划？

这俩人隔着我，好像总是冷冷的。有一回女小林遇了个什么难办的事，我觉得男小林能帮她，便建议女小林打电话给男小林，女小林打电话前还专门说了句：那我可就打着你的旗号啦！

岂料不久女小林告我，男小林根本没帮她，把怨气全发到我头上：还说有如你的亲兄弟呢，哼！

我才明白，朋友的朋友并不一定是朋友。

倒是男小林后来有件什么麻烦事，我让他找女小林，女小林不计前嫌，上蹿下跳，费了好大力气，最终竟没办成。

男小林对我说，女小林办事的热情是有的，但办法不对。意思是换了他在她的位置，这事就办成了。然而女小林却说，有男小林那样的吗？最关键的时候来了个撤火。

我很奇怪，这两个在我这儿都很顺溜，很好处，许多事都能想到一块儿的朋友，怎么就这么合不来？

有一天我在高速公路服务区休息，一不小心，把车钥匙锁在车里了。绝望中给两个小林都打了电话，问他们该怎么办？他俩都在距离我二百公里之外的地方，男小林说，把右边的玻璃砸了。

女小林则问，备份钥匙在哪儿？我说在家里。她说，我取了给你送去。

当时已经是下午四点，女小林不仅不认识路，对里程也缺乏概念，但我一昏头，就同意了。觉得女小林究竟够意思，而且细心。于是赶紧给家里打电话，联系好取钥匙的事。

等到我坐在服务区苦等，才意识到男小林是对的，晚饭时分一分钱都没有，看着旁边餐厅开着饭也没钱买。又过了一阵，冷上来了，山沟里太阳一落，温度就大降，眼看我的毛衣、外套，都好好地扔在车里，却不得不穿着单衣哆嗦。服务区有家车行，他们来看了几次，试着用了各种办法开门，最后夸着车锁走了。我问他们能不能帮我砸玻璃，他们说但有别的办法最好不砸，我想女小林反正已经上了路，如果砸了玻璃走掉，她岂不白来一趟？而且我简直就成了没事找事，制造事端了。三小时以后，我进了服务区的旅店，人家要看身份证。可我把"所有的鸡蛋全装在一个筐子里了"。只好出来。接到好几个男小林的电话，问我女小林来了没有，告诉我，城里今天大堵车，女小林从你家里取了钥匙，开到高速口就得两个小时。路上还得走两小时，事已至此，你就等着吧。

我恨恨地坐在台阶上，没话可说，从给女小林打过电话，就再也没接到她的电话，给她打，总没人接，发短信也不回，估计是急如星火地办事。幸亏我的手机没锁进车里，但也只剩半格电了，关机不是，开着也不是，本以为等两三个小时就很够了，但已经四小时了，仍然没有任何音讯。这地方靠近内蒙古，少见的满天星斗，让我想起北海牧羊的苏武，恨恨然又让我想起杨延辉，真是好一似虎离山，困在了沙滩。星斗下停车场只有我那辆闷声不响的车停在当间，闪着星光，孤零零嘲笑着我。

直到子夜一点，女小林的车才慢慢开进服务区，我站在广场灯下挥了挥手，她才加速开到我旁边。一停车就讲这一路有多么不易，她在高速开了不止两百公里，早在一小时前她就到了我所在的服务区，但却在路对面，由于不知道服务区地下或空中有通道，所以又往前开了好久，到了一个什么县城的出口出了高速，在县里又迷了方向，深更半夜好容易找到返回的路，光在那个不知地名的县城，就耽误了一个多小时。

进了餐厅，才看到她穿着拖鞋，外套里是睡衣，接到我电话的时候她还在休息，显然是立刻行动，什么也没顾上。

我说，还不如照男小林的主意，砸了玻璃来得简单。女小林听了气得一句话也不说，连饭也不吃了。

我们回到各自的家已经是凌晨五点了。

在我和女小林都因此而感冒发烧的时候，男小林来看我，说他早说过，女小林这人热情有余，方法不对，这回我该信了吧？

我说这事不能怪她，是我不对，应该按照你说的办。同时我托他给女小林送一份校样，顺便表示我的问候。

校样是我和女小林写的一篇批评稿，报社催得正紧。男小林送了校样给我打电话，说可算领教了女小林那张嘴了，就为个砸玻璃和送钥匙，跟他讨论了两个钟头，害得他不得不在她家吃了顿饭。最后说，要不是为了能从她家走掉，他也不会认下那么多条错误。我问：都是哪几条错误，男小林说，多啦，记不得了。反正我全认下了。

后来，我和女小林那篇稿子惹下了祸端，被批评单位的好几个领导因此被免了职，或被调动，我又央求男小林从中调停，经他多方做工作，被批评单位才表示饶了我们，把个梁子解了。男小林出面请了一桌饭，只准我出席，女小林断然不许露面。

男小林劝我以后别再写新闻稿，有这笔头子，不如给他们文学刊物写点小说散文。我说我有些新闻敏感，倒是女小林，有文学才能。男小林说，我说的是你。

过了几年，我和男、女小林都不与文字打交道了，各自办了些过去我们全然不懂的事，一个赛一个离谱。说不清道不明的，我和男小林一个干卫星，一个干通讯，再离谱也是在公司，女小林却当了单干户，说起来属于"外包"。偶然打电话也解释不清"包"了个什么。我们也一样，干卫星的也不知卫星是什么，干通讯的不明白钱是怎么来的，好歹有份较好的薪水也就是了。隔行如隔山，两个小林都不怎么和我见面了。

　　我比男小林早两年退了休，虽然很有余热，也没地方可用，照样新闻敏感性很强，成了老"愤青"，天天铁青着脸。男小林多干了几年，目前也退了，但还有不小余权，有时就想干点什么。偶然跟我提起了女小林，说这女小林如今可是玩大了，成了我们直接认识的人里最阔的大款。我上网查了一下，果然她已是一家上市公司的老董。过年的时候，我便给她发了条短信，祝她过年好！第二天，收到她的回复，四个字：您是哪位？我回了三个字，是我的名字。很快她打来电话，说非常麻烦，现在必须到哪个地方吃饭，让我以后与她保持联系。

　　当下我打电话告诉男小林，他说，刚好有家公司需要投资，女小林既是那么大的大款，肯定能帮一把。我于是又把男小林的话告诉女小林，女小林约我出来吃饭。她拣没开饭的当口儿，找了家干净的小馆，也没跟我商量，要了两份疙瘩汤，由于烫，就先说事，她说，我不和你们做生意，男小林那边的项目如果愿意可以直接找她。"你们都不懂。"她说。我喝疙瘩汤的后期，她说，碗大，喝不了就剩下。出了饭馆，她说，钱现在好像成了一把量什么都行的尺子，但我不行，该用钱量的用钱量，不该用的就坚决不用。千万给男小林解释清楚，不要让他以为我驳谁的面子。一笔写不出两个小林，其实我也挺了解他。

我很快就把女小林的意思告诉男小林。他说，人老了，性子就反了，女小林现在肯定是热情不高，但方法正确了。

二

我和男小林有种默契，容易共同策划。我们有种现实而固执的眼光，有点儿像农民，谁也蒙不了。无论你是中国人、外国人，北京人、上海人，我们只信地里长庄稼。

但并非不活套，我们也制造概念，机关算尽，做局，不同在于，我们策划个什么事，常常无以名之，两人心知肚明，于是就做，许多就做成了。我们感兴趣的是过程，真到点票子的时候，反不如做的时候。共同做事起源于他们编辑部的创收任务，明摆着叫人不干正事。我们摸到了这点儿真髓，就知道该抱着什么态度去办这事了。世上卖什么就有人买什么，即使卖空，也有人买。一本文学刊物，行情不好了，能卖的也就是空气。问题是他们领导和好多同行还挺认真，说"为文学事业甘当乞儿"，拯救文学。就是不说个卖字，显着高尚。我俩每次行动，都当旅行，凭编辑部的招牌，先把住酒店的费用办了。其实也不易，所以每次得手，关门就翻跟头竖蜻蜓，把正形先卸掉。直到外人来了才端起作家编辑的样子。

生意的过程是采访。采访不到一天，就和被采访人混得烂熟，原因很简单，无非率真。农民作风，实在而又狡猾，与被采访人具有的真诚与虚招子合上了卯窍，小编辑们说我俩到底是下过乡插过队，社会经验大大的有。被采访人有的居然跟我们同流合污，说自己出不起太多的钱，可以帮我们找比他有钱的。我们反正又不是非采访哪个人不可，当然同意，并说成交后把编辑部给我们的提成百分之二十全都给他。如此一来，分销之下，成交率提高了，局面还不错。再往后，索性找到"枪手"，由他采访和写作，署他的名。我们只图完成任务，领年终奖金。我们只当总批。

然而林子大了，什么鸟都有，某日，一个由被采访者早转化成资深中介的人给我们介绍了一桩生意，说有个有冤情的官员，第一想洗刷冤情，第二则在冤情洗刷之后提拔半格。他出比写报告文学高一倍的钱。

这样的主顾有了一还有二，我们交到了不少朋友，日子也过得不错了。

结果在一家酒店里遇上了女小林的丈夫。这个丈夫豪气干云，在饭桌上只吃菜不喝酒，属他脸红嗓门大。女小林的丈夫是个名人，怎么出的名不大知道，反正行业业许多人都知道他。他说他早听女小林说起过我们，说以我们的本领干目前的营生真是亏大了，顶多混个肚儿圆，批我们坚守"君子固穷""安贫乐道"的传统思想。我俩喝得挺醉，觉得他说了许多，而且深刻得厉害，像一把利剑，把我们的农民意识戳穿了。酒醒以后还疑疑惑惑，从思想深处感觉不知哪出了错。"安贫乐道不也混个肚儿圆吗？"除此还要混什么？

后来我把这事告诉女小林，当时我俩坐在火车上。普通单位坐飞机还不准报销。一上火车女小林就把我俩的铺位和别人换了，把一下一中，换成两个挨着的上铺。上得铺来，她就把铺位上的单子抽出来，折腾来折腾去做成一个帘子，挂在我们脚下，说这不成单间了吗！两天两夜，省得人打搅。之后躺下看书，偶尔也聊天。女小林是她丈夫的崇拜者，一听我说完，就放下书转过身来，从车窗顶部看着外边对我说，他这人就喜欢做大事，现在他在深圳、广州、上海，更别说北京了，都有山头。你们也真是，一天到晚在小老板身上扎钱，大头还交公家，我也早看着你们有毛病。

我很老土地问女小林，你先生在哪个单位工作？女小林说，什么单位能放下他呀？他根本就不是个能用单位框住的人。

我索性更加直率并且冒昧了：是民营企业老板？

女小林说，也就是个体户罢了。连街道老太太都能管他。

"这怎么话说？"

女小林想坐起来告我，但没还坐直，就撞上了火车的顶板。只好趴着告：企业目前在中国享有相同的国民待遇。

我的农民目光根本不信，表情上露出来了。女小林说，这可是《中华人民共和国企业法》上说的，是国法呀。

我更觉得好笑了，当然没笑。

女小林拉拉杂杂告诉我，她丈夫是天生的企业家，是个勇于冒险、勇于担当的男子汉，还引用她听说的某女孩的话说，嫁人就要嫁那样的人。

我很少和女小林谈这方面的话，没别的好话，祝贺她嫁了个好汉。

到了广州，成了女小林的天下，她丈夫的秘书进站台接，出去后，是一辆足有卡车长的卧车，直接到了她丈夫的公司（女小林说是山头），她丈夫怨我们为什么不坐飞机，接着就表示理解，公家制度嘛！从来这样，能分带鱼不能发钱。

女小林丈夫的公司很排场，凡我想象中大公司该有的，这儿全有。为了给我们单位省钱，在广州期间我和女小林的活动，一直用她丈夫公司的专车，当然，不是那辆来接我们的豪车了。我和女小林是为了一部电视片来采访几个人，天天跑来跑去，几乎见不着女小林的丈夫。晚上收工才到她丈夫的公司，有时被安排到大酒店吃喝，有时干脆拉我们到番禺玩儿。她丈夫给我的感觉是能呼风唤雨，要什么来什么。

女小林为办公事很少回家，也在我住的酒店开着一间房子，采访之后就写个不停。

公事完了，是她丈夫给我们买的机票，说看我们太累了。替我们单位省点钱吧，还特意说，机票是从他工资里出的，他公司的每分钱都不是国家给的，更不能随便给外人报销。

在飞机上我问女小林，为什么不去做老板娘呢？女小林说，他们家是一家两制，丈夫姓资，她姓社，承担着两头风险，也共享两边的利益，一切要合法。看着飞机下边的浮云，我感觉到农民才有的惭愧。

男小林听我讲了这番故事，说像女小林丈夫这样的他见得多了，和咱们不是一路人，玩儿得大，但都是虚的。太玄。咱们还是脚踏实地混肚子吧。

没几年我们就超额完成任务，全成了将军肚，而且松松闲闲，下边想被写红的人少了，洗雪冤情的也少了，但靠着那时认识的朋友，科长全成了处长，熟人多了好办事。何况我们不过为肚儿圆，及至圆过了头，连下去跑都懒得动了。

女小林说她丈夫频频陪部长出国，不是考察项目，就是帮人海外上市。我说好啊！我们连部长的毛都没见过呢！她说，好什么呀！事实上他也老得用旧面孔了，要不哪个部长理他呢！

十多年过去了，我才知道女小林的丈夫原是个著名的话剧演员，演过《茶馆》，上过电视，只是后来没人知道了。我退休那年，他得了脑血栓，不重，后来恢复得不错，为训练说话，天天在家念台词。我曾去他在成都郊区买的农家小屋探望，老远就听见里边拖长的话剧腔：

"拆啦——！逆产——！"

女小林对我说：没事，练着玩儿呢！你听他口齿还利落吧。

我进去之后，女小林的丈夫很高兴，说这段他已经练到出神入化了，让我听着，接着他从桌上拿起一管笔来，念道：

"这支笔上刻着我的名字呢，它知道，我用它签过多少张支票，写过多少计划书。我把它们交给你。"

说着把笔交给了女小林，女小林又放回到桌子上。她丈夫还没从戏里出来，又道：

"没事的时候，你可以跟喝茶的人们当个笑话谈谈。你说呀：当初有那么一个不知好歹的秦某人，爱办实业，办了几十年，临了他只由工厂的土堆里捡回来这么点小东西！你应当劝告大家，有钱哪，就该吃喝嫖赌，胡作非为，可千万别干好事！告诉他们哪，秦某人七十多岁了才明白这点大道理！他是天生来的笨蛋！"

末了，他从戏里出来，半晌不说话，我临走时才正常了，说："秦二爷的词儿得改改。"

接着又用秦二爷的口吻念道：

"有了儿女，千万别让他们去创业做生意，让他们考公务员，当干部，占编制，占着就别松开，谁劝也别下海，千万别自己想辙平地抠土找饭吃！"说完这段他真感动，转过身没看我。

女小林送我出来，说："我还不信了，我还是坚持一家两制不动摇，他干不成了，我干。"之后托我办件事，把她刚从德国留学回来的女儿，介绍到男小林的公司干活。

此前，半退休的男小林刚好注册了一家文化创意小公司，还没有一个职工。

三

女小林老早就对我说，她特别想当法官。当不上，哪怕当个警察也算。为的是能管事。

男小林和我一样，最怕警察。民间有言：黄鼠狼专咬病鸭子。我俩自幼就因骑自行车带人被警察严斥。奇怪的是，那地方分明没设警察岗，前边几个路口都安全地骑过去了，偏偏我们经过，突然就出来一个警察。那警察性子很慢，钩钩手指让我们到他身边去。我们颤抖地过去，他什么话也不说，只是把我们的车锁住，把钥匙收了去。我俩当时也就十二三岁，哪有这心理承受力，赶紧认错。那警察只轻轻说两个字：罚款。很坚定，没有通融的余地。也因为年少，认为这就是法律。但通身一分钱都没有。男儿有泪不轻弹，此刻到了伤心处，一来伤心绝望，二来也是手段，我们哭得一把鼻涕一把泪。警察斜看了我们一眼，说，赶紧把这点尿水子收回去！我们费了足有一刻钟才吸吸溜溜把泪收了。这期间，警察又抓住好几个骑车带人的，或罚或训，都放了，就是死活不放我俩。最后问我们：哪个学校的？我们低声说了，警察高声喝道：叫你们老师来！

这是仅次于罚款的处罚。我俩狼狈不堪地到了老师家，老师正敞着怀给她的小宝宝喂奶，系住衣扣就跟我们走，也不知她怎么交涉的，警察赔着笑把车钥匙给了她，我俩偷看到他们还说笑了几句。老师给了我们钥匙，绕过警察，我们一骗腿上了车，拐进一个胡同，男小林喊了声：上来，我立刻跳上，像刚做了大案，逃之夭夭，加倍飞奔而去。

这次经历让我们念叨了好长时间，着了怕。几年后我俩好端端在一个工厂探望同学，被厂警疑心是"阶级敌人"，半夜三更睡着的，被警察抓了去，就差五花大绑。警察管我们要工作证、户口本，我们任什么证件都没有。僵了一晚上。毕竟年长了几岁，又有插队青年的脾气。耗到天亮，警察按照我们提供的电话，确认了身份，说谁让你们吊儿郎当，没个正形，以后注意点儿。这才把我们礼送出厂。

所以，女小林明确告我她想当警察，当真吓了我一跳，当时我俩在广州。因为听不懂话，又遇了好几桩可气的事。她恨恨地说，如果真能当个警察，就好好修理这些家伙。作为外地人，被本地人小瞧，是她最受不了的事，好像连马路上的汽车也认生，几次差点儿撞了我们，还冲我们叫骂，好像我们是乡下人，不会过马路。她冲着车也喊：记住你的车号啦！你逃！这种时候连我也觉得她的话在理。

我告诉她我和男小林的遭遇，说我因此而怕警察。她说警察有什么好怕的，没警察才可怕呢！

谁知刚回北京我就被交警扣了，原因是转弯没打灯。我气得七窍生烟，以我这般怕警察的，怎么可能不开转向灯呢？我恨不得多立几条规矩，能把更多灯用上。但不知什么时候，转向灯坏了。

我受不了冤枉，认为饿死事小失节事大，做人清白最为先。我让警察上车亲自开一下转向灯，他拒绝，说不管什么原因，我已经违章，要扣分罚款。我说这倒无所谓，但不能影响我的清誉，即使扣分罚款，也得说明我并非故意。警察说，开什么玩笑？

女小林对警察说，我们刚从外地回来，听了三天鸟语，像过了三年，就盼着回到能听懂话、能交流的地方，这灯肯定是在存车场坏的。我证明，他是个遵守所有规则的人，从不犯错，是那种还没变灯就停的主儿。

警察居然笑了，说以后注意。就走了。

我还以为她认识这警察，女小林说，根本不认识。警察一般好通融，还教育我说，别太跟人家较真儿，你较他更较，僵住就难解了。我说她之所以能劝走警察准是她有警察缘，连自己都想当警察。她说这算什么，她丈夫喝酒喝成大红脸，被警察逮住，她不仅把驾照要了回来，还到交警队把扣的分铲了。不是什么难事。

男小林对女小林这种本事很不认同。说到什么时候也别犯在警察手里。最好的办法是永远别招灾惹事。尤其是女的，更要安守本分。

结果好像现世报应声落，男小林说了这话没两天就遇了祸殃，好端端在馆子里吃饭，被一个醉汉爆了粗口，为防身，还发生了肢体冲突，不仅把馆子里一架漆画屏风挂劈了，还被那家伙在胳膊上划了个血口子。

男小林竟很沉得住气，干脆拉了张椅子坐下，冲那醉汉笑而不语。这下反倒把醉汉吓着了。饭店要报警，男小林只说没事，还替醉汉开脱酒闹的，别理他。

果然第二天，醉汉就托人上门赔罪，说医药费和饭馆设施他赔，怪他有眼不识泰山，只求男小林与他"私了"，说下啥也别报官。

我说不妥吧？饭馆说毁了的屏风上万块呢！男小林说能"私了"。"公了"也不过是各打五十板，双方被饭店讹一把，外带结个冤家，有什么好？

接着他像说服我一样来了一篇议论：就和城里的路和桥一样，再怎么弯来拐去，都是通的，凡从根儿上识路的，都用不着看牌子打听，人事也一样，凡人就有关系，关系全是通的，靠关系走通，比被人逼着捅通强得多。

后来他和醉汉三七开赔了屏风，醉汉是电管所的，还帮饭馆办了电力增容手续，倒是饭馆最终请男小林和醉汉吃了顿大餐，醉汉又醉了，拜男小林当了哥。

我又佩服地在女小林面前炫耀。她说，像梁山上的事。还奇怪我居然能"穿越"在古今之间。说，别说上万块的争斗，就是再小的冲突，只要起争端，就不能"私了"，因为"私了"等于"不了"。

几年后，女小林的丈夫头疼，怕脑梗复发，着急之中打电话给我，问我男小林的爱人是不是在天坛医院工作？请务必帮忙行个方便，该送红包送红包，只要能立刻弄到床位。

男小林接到我的电话最后说，这可真不是个排队挂号的事。马上办，让他们快过去就是。

四

男小林想租房子，好久我都没告诉女小林。女小林早跟我说，她想把房子租出去。

我一辈子怕做保媒拉纤的事，弄不好后果严重，我相信水到渠成而不信撮合。不过房子毕竟不是婚姻，分明知道她有他需，中间不搭个桥，是不是太过明哲保身？

然而，女小林如果只有一个毛病，在我看来，就是不适宜当房东。但她自己浑然不知，还自诩"为人不苟"。由于工作原因，我和她几十年不知一起吃过多少顿工作餐，除了方便面就没换过别的。即使在她家，赶上饭点，也仍然是方便面。我认真对她说，我可还得喝两口呢！她说当然，但还是方便面。只是在碗边放两听啤酒。我说下酒菜呢？她说，再煮一包不就完了？我不能说这有什么不好，因为即使大鱼大肉，嘴里只要沾酒，脑袋一晕，也就分不出味道了。她自己也喝一听。我俩中间放一份方便面当菜，喝到兴奋时，她又取出一袋榨菜，算画龙点睛。

好处是省事，吃完一胡噜，全划拉进一个纸箱，拖到厨房墙角，照样像吃过大餐般犯困。她说，你睡会儿，指指窗下的行军床，之后说，我到隔壁睡。

论起女中邋遢，女小林堪称豪杰。第一次和她出差，她忘了带牙膏，借我的用，还回来时，我那一向圆而饱满的牙膏，就从中间凹进去一大块。第二天我盖着牙膏盖儿，从下边挤瓷实了，结果她还是从中间挤了个大坑。

是可忍孰不可忍，我只好另给她买了袋牙膏。

人生在世，总不免有些个人的癖好，我顶见不得的事中，就有一条：不顺着牙膏管底下挤牙膏。她说她就没任何怪癖，万事方便为上。还问我除了牙膏，还有什么怪癖？意思是以后好顾及我，我倒也想不出什么，只好说，戴口罩不遮鼻子。她说像我这样活着真累。于是我们为此抬扛。她认为只遵守公共准则就够了，说我是自我束缚型的，世上规则已经够多了，还给自己立那么多"暗规则"。我觉得思考胜于辩论，不予辩解。我承认暗规则的存在，但认为那是性情的别称。

包括长期以来我对她的迁就，难道不是出于我的暗规则？倘若事事坚持我的主张，岂不早没法合作了？我非常知道我和她为什么能合作，她采访的能力远胜于我，而我写的本领又比她强。虽然如此，我也认为采访不必那么抓紧时间，毕竟我们不是搞新闻的。她只要外出就不管不顾，我出于迁就，只好常随她在火车上席地而坐，在外地的街上把蘸了盐的煮鸡蛋当主食。我多次说，如果听我的，永远也不会闹到在火车上没座儿，还能在许多地方品尝当地小吃。但人的秉性确实难移，二十多年也没把她改过来。住在酒店，她把房间桌椅的位置变来变去，把写字桌上的台灯横放在枕头边。电话则移到枕头另一边。她到哪儿都带插线板，称之为利器，所以不怕睡在乱糟糟的线缆中。这也罢了，还爱在墙上贴许多即时贴便笺，服务员早就给她脸色了。我提醒过她，她说了两层意思，一是非如此她不能居住，二是服务员不就这职业吗？还说，将心比心嘛！如果她当服务员就不会讨厌这样的客人。我知道唯女子与小人为难养也，在她屋里待着，便尽量收拾，比如把小便笺摘下来，但被她发现还得原位贴上。

在她的行军床上睡会儿，还不够把床面收拾出来的时间。她从隔壁睡完了回来，我还没躺下呢，正找枕头，刚把床上的报纸杂志放好，还得收拾旁边的外套、毛衣、手套等等。她埋怨我能力差，说：你怎么就不会塞呀！不懂塞就不懂生活！哪个缝不够你塞呢？书报搁地下不得了？我这儿没别的，就是地干净。找什么枕头？行军床那头往上一掰不就起来了？一个午休，把那堆衣服塞脖子底下不就成了？

她的卫生间崎岖而弯曲，总共不足三步深，处处是小架子，置放着各种弹筒般的瓶瓶罐罐，五颜六色，高高低低，就是发生零点一级地震，也会轰然倒塌。塑料小箱子堆到屋顶，洗浴喷头下，厚脚垫，薄布垫，不一而足，拖鞋如同河里的踏石，垂挂的各色衣物扑打人脸，我进去时碰倒了一只三条腿的小架子，架子上一个小塑料盒倒出一堆小人书，为了抢救小人书，又碰倒了马桶后边的落地灯。

我出来后她匆忙进去，说是抢救她的书。不过是把放小人书的塑料盒合上盖而已。

我说太乱了，防不胜防。她说，懂不懂居住的含义就在这上头，该乱则乱，不脏就行。卫生间太旷，会觉得孤独。满满当当才踏实。居家就得方便，什么东西得一够就着，到处是台灯，也是这道理，该亮就亮，该暗就暗。总之，屋是人之仆，屋子得为人，顶瞧不起的是人当屋子的奴才。如果同意她这种意见，就别抱怨她的厨房。从橱柜到房顶，全是方便面，整箱码起，窗台上是层层空瓶子，老式饼干桶是底座，上边是葡萄酒瓶、咖啡罐、奶瓶、果酱瓶等，她说不是造型好，就是有纪念性，放着吧，干吗扔呀！方便面缝隙里塞着软包装的榨菜。她说这么塞着，时不时会有意外感。我们写稿子就在那张行军床边，她说不理解为什么要有书房，书房和卧室分开多不方便！躺在床上为看本书还得到另一间屋，犯得着吗？她屋里台灯多，电话分机多，她几乎随手一摸就是一个分机。而我则动不动就被分机硌了。她并无日本血统，却推崇榻榻米，所以没桌子，却有不少小几，到处是垫子，从用稿纸写到换了电脑打字，都这么写稿。确实随时可坐可卧，可翻可倒。对我来说有一个麻烦，就是容易什么也找不着。

草稿、字典、参考书，全混在地下，不仅常拿错书，就是垫子、小几，甚至两台笔记本也经常用错。隔壁那间，就是她午睡的地方，是间小库房，我仅去过一次，无插足处。她让我随便找个台灯，我果真从一堆乱线里拽出一盏来，我怀疑这东西就是女小林午睡的枕头。在女小林眼里我有怪癖，但在男小林看，我就是个邋遢鬼。男小林是割不正不食，万事井然有序，住房子务必得青红皂白。着装要挺括，他能把塑料雨披叠成齐棱齐角的小方块，妥妥帖帖装进雨衣袋，哪怕五分钟后还得再穿。

男小林跟一家公司签了三年合同，离家远又不想开车，便想租套不大的房子，能容身就行。女小林那套房子刚好就在附近。而她到广东帮丈夫打理生意，三年五年不会回来，女儿在德国花销也不小，希望能把这边空着的房子多少盘活。

我决心玉成此事。双方都说合适，说虽说这么巧，也多亏中间有我。

女小林说，那房子是"拎包即住"，也就十年没装修，正好，没污染。

男小林表示，位置极佳，房子距离上班的公司刚好一万零三步，以后锻炼连记步器都不用带了。

我却天天担心，不定什么地方弄不合适，我可是两头都不落好。

没几天，男小林问我，卧室的地毯能不能扔掉？太旧了，我给她换新的。我打电话问女小林，她很好说话，说随便。

但男小林好多天后很为难地告我，那地毯还是铺着吧，不换了。问其何故，他说，根本就揭不起来，女小林用胶把地毯粘在地上了，接着他哭笑不得地说，粘就粘上吧，还把开门的弧度划了一条深槽。我说这是何必！他说，门下边也粘了一点五厘米到两厘米不等的地毯条。"为的是隔音和不走风漏气。"男小林说，"亏她想这么绝，那地毯要想揭下来除非刨地。我说怎么那么平展！"他说他已经细细洗了一遍，墙角一带有个地方没粘，凸起一块，用手指探了一下，抠出这么多信来！男小林把那堆信递给我。我说，我拿着放哪儿？他说，反正不能再塞到地毯里。

我只好再打电话，女小林让我念了信封上的地址，高兴得哈哈大笑："真是意外收获！我说这些信跑哪儿去了！正是找这人的时候。"之后连说谢谢！就是没告我把这些信收哪儿。

信的事还没着落，隔天晚上，男小林开着车来找我，把我拽到车后，打开后备箱，说："这些，全得卸你这儿。"我一看，都是女小林家的靠垫，大大小小，足有十来个。我俩身背肩扛，弄进房来。男小林说："你瞧好了。"举起一个垫子，拉锁一开，掏出个布老头，一捏脯子，老头还发出咳嗽声，接着又从另一个垫子里掏出一对布松鼠，一碰也是吱吱叫。他说，剩下的你自己找吧！"这还受得了！也就是我胆大，完全是女鬼当家嘛！"男小林说，"你听这老头咳嗽，刚听见头皮都麻了，天知道哪来的声音，不是这儿响，就是那儿动，真没法住了！"我说："还有动的？"他说："前天晚上到小库房找改锥，为的是给她修一下窗框，小柜门刚开就弹出一个橡皮拳头，差点打住鼻子，皮拳头连着个电门开关，墙角里藏着一盏灯就闪开了，灯罩上还画着一只大眼睛，一眨一眨的，这还是个人家？把我都弄得疑神疑鬼了。昨天晚上看墙上的画框，想着就有问题，摘下来一看，背后墙上果然有个小门，我也不看了，万一人家说藏了钻石，我是跳进黄河也洗不清。好歹你得和我一起去。"

路上，男小林继续控诉："头天晚上就觉得厨房里味儿不对，进去边闻边找，总共找见十六袋榨菜，还有十几袋开过口的，扫到一起扔了，问题是簸箕上画着大嘴，笤帚把上画着蛇。不瞒你说，我在这儿住了不到一礼拜，天天都得吃安眠药，头一天一片，到昨天，吃了五片也没睡成。"

到了女小林家，果然见画框放在地下，墙上有个小门。我也不大敢动，说："算了，明天我直接打电话给女小林吧。"男小林说："也行，不过，你最好今晚和我一起住这儿，我看见那个小门就害怕。"于是我们俩相与枕藉乎屋中。天没亮，男小林就把我推醒，颤抖地悄声说："你听，你听。"

我支起耳朵，果然有个声音颤颤地叫：小林，小林，确实可怕！男小林战战兢兢地说："见鬼了，连玩具都认下我了。不能住，绝不能住了！"

我循声摸到门口，原来是隔壁一个九十多岁的老太太，说昨晚听见这屋动静，以为女小林回来了。

我很久才接到女小林的电话，说她终于想起画框后小门里放了什么，是她丈夫的药，之所以放在那儿，是送药的人说，这药务必避光保存。原本那地方有个墙上电源，她嫌不方便，拆了，便把药搁那儿了。不是得避光吗？就做了个小门，难看，于是就挂了幅画。丈夫的病好了，药也忘得光光。

　　男小林由此得了失眠症，好长时间没好。医生说，起因就是那套房子太人格化，房子这东西应该中性些才好。我发誓，今后再也不保媒当中介。

2011年3月28日

后小河印象

前不久看到一组老太原照片，其中有后小河，才知道那地方过去真有河。

地名多有描述性，但在变化中消失也是常事。令文化遗产保护者遗憾，也留下考据，或叫作寻找记忆的空间。

1968年有半年我住在长春，周围朋友看到我家书信封上的三个字"南华门"，便以为我住在类似前门甚至天安门附近的一个东四条里，有如紫禁城里的东夹道。

这倒让我琢磨起来，我们那条小街，哪有称得上"门"的建筑呢？何况南华门以东还有东华门。这可是宫外侧的同名建筑呀！假使以前确有东、西门，它们拱卫的是个什么府第呢？既然住在关外长春，年纪不大，便借此思故乡，在信封背面乱画，圈出南华门以北、东华门以西的地方，我不知道有没有北华门和西华门，所以圈出的这块地方暂时没有西北界，这地方应该就是有大门圈禁的地方。但想当下，我圈起来的地方，刚好是精营东二道街和精营西二道街一带。（后查，正是那一带，是明朝的晋王府。）不仅未见高门大院，连像样些的好房子也不多见。我去过的多是大杂院，住的多是家境不大好的，孩子们不卫生，常打架，彼此打，也打外来的。很野，很彪悍，不知他们是不是精营之后，反正有精营之风。既然是精营所在，说不定过去那里还驻扎着发自长春的兵呢！我在长春下午四点的昏暗中，直视窗外陌生的天空，常发思古之幽情。

于是又想起了南肖墙、北肖墙，这两道肖墙，是不是我假想府第的外沿"肖墙"呢？尽管我只知道"萧墙"一词，但想来差不多，肯定是道要紧的墙。

这几个地名除了我熟悉的南华门，笃定无门，连遗址也没有。最常去的南肖墙，也不是墙，而是一条比较像样的城市街道。来长春途经北京时，就有位老世伯跟我怀念南肖墙，当然也不是指墙。他老家在太原，但很早离家，管五一广场叫南门外，那里真有个城门，叫"首义门"，听我说首义门拆了，通上了电车，老伯感慨得很，说他幼年时，南肖墙就是最热闹的地方了。

1968年，在我印象中，南肖墙确实还很有声色，这条东西向的街道从西起始，就是通向本地最繁华商业街柳巷的前奏。打头就是家很红火的饭馆，据说很有传统，《山西青年》的老编辑沈润祥先生年轻时，从上海发配到太原，还没成家，每天就在这家馆子吃饭，由于是熟客，吃完并不付现钱，记账方式是翻水牌子，水牌子不外乎就是挂在墙上的小木牌吧，翻来翻去，马马虎虎，是种八九不离十，双方都认可，又不斤斤计较的记账方法。沈先生对这家馆子的菜品很赞，尤其念念不忘的是，有回出差，回来时馆子已然公私合营，水牌子没了，欠账一笔勾销。这家馆子目前还在，不知改过多少名，越改越不像个字号，好像现在叫山西饭店，还不如干脆叫饭馆来得直接。

20世纪90年代，早餐还卖"头脑"，说明当时还处于改革的早期状态。冬日里天没亮，就会来一群喝"头脑"的老客，彼此都熟，支架起自行车，互相打招呼，进得堂内，各自喝起，喝得嗓子滑滑的，说话俱现喉音，满头冒白汽，之后陆续走掉。其仪式感和亲切感，如传说中的旗人蹲茶馆。实足的中国北方都市景观。

从成本考虑，早餐卖"头脑"，是奉江湖义气为第一的酒家。吃客五六点到，厨师们大概两三点就得来，"头脑"是成套食品，是需要功夫到家的慢工细活，又不能贵卖，微利有没有都是问题，赚的多是名声。不到十年，餐饮业就改了风气，成为最具当代"特色"的地方，磨刀宰客，只卖贵的，不卖好的，"水牌子"结算，也成了开票报销。

从这家馆子过去是省电管局，电老虎的省总部肯在此街落户，而且至今犹在，足见南肖墙风水与声色。往西而去，有缝纫社、卫生院、学校、棺材铺与和平剧场。最后几米的余韵，乃是一家制售冷饮的小店和一家把角的柳北照相馆。到这里，就插入繁华的柳巷了。除了和平剧场比较高，其他建筑均不超过二层，比起我们南华门，多少有宋代汴京的感觉。那时的南华门很泥泞，走穿整条街，也没个够武松打蒋门神的场子，没一棵值得鲁智深拔的垂杨柳。

长春对我来说，远在天边，况且当时处境有被扣之感，有如发配了宁古塔。照理市容比太原偏洋，最主要的街道以斯大林为名，满街跑着有轨电车，当地人叫磨电。但究竟地处关外，我怎么也习惯不了那地方。经度偏东，天黑得早，亮得也早，表却和全国一样，想不出这样的时间怎么能繁华？这种时差，让我总处于躺着不睡状态，不是我不喜欢灯光，但半下午和凌晨的灯，总是令我不安，便不时掏出家书，在信封背面画画。心想，一朝回去，必得做一番考察和游历。

转年果然回来了，原以为遥不可及，却不过坐两天火车的事。不留神间，口音染了大碴子味，走的时候，还是步行时代，回来已是自行车时代了。于是呼啸着和同伴成天不是那嘎，就是这嘎，重点是北肖墙。这是过去很少涉足处。北肖墙也不是墙，而是一条街，以前很少去，是因为里边没啥去处。从长春回来，才发现里边有家红星电影院。小孩图新厌旧，于是弃五一而就红星。哪怕红星电影院一楼有几根柱子遮挡视线，也在所不惜。说到这儿，想到太原的文化设施当初应该算很发达。我居住的南华门算不得本地好地方，但两平方公里内，就有七八家电影院。人均银幕数远高于现在。半世纪过去，目前我住在京郊，以家为中心，十公里有没有一家影剧院还是问题。百万人平均不到一块银幕。每听到某大片创多少票房纪录我都不信，一是电影院少，二是不信统计数，最根本的是，现在的人远不如以前爱看电影了。

吊诡之事比比皆是，即如电影院，当时虽多，但电影加一块儿也不过七八部。每个电影院放着相同的电影，所以，到哪看都一样，换地方，真正叫换汤不换药。年少时节不在乎药，只在乎汤，于是不惮换汤。从红星，到山大、长风、军人、铁俱，乃至紧邻着棺材铺的和平，都去。

不知觉间，交了位好友，堪称奇葩，他几十年都在我圈出来的那一带出入，至今还在，好像命定的一样。当其时，在红星看过一场电影后，他带我们进入电影院斜对过一条小巷，一人宽窄，像个壶嘴，穿出便是宽敞的壶腹。这就是后小河。

　　后小河也没河。

　　宽敞的"壶腹"好像一块打扫干净的土场，仰头可见近在眼前的梅山。这个发现非同小可。20世纪六七十年代，太原的天际线非常辽远，纵然在我们南华门的高坡上，也可一眼看到梅山。远足到迎泽公园，亦可见到梅山。它的夺目之处不在高，而在异类。就连比太原洋的长春，我也没发现这么不具"中国特色"的建筑。所谓梅山，我一直以为是煤山，显然是人堆的，很突兀，平地就高起一大块，据查，山体高十余丈，占地六亩多，像个朝天的炮筒，下宽上窄。如今北京CBD就盖了一座这样的大厦，但放大了不知多少倍。难看极了，像烟囱，像朝天炮，感觉设计者没动过脑子。梅山的厉害处在于，这炮筒子式的人造山，仅仅是一个主体建筑的基座，那上面的的确确戳着一座哥特式钟楼。在到后小河之前，只远观过，有些疑心，以为莫斯科距此不远，因为它与红场钟楼一模一样。加上共产主义图腾，梅山钟楼虚幻如梦，像同在一座城中举目可见的一小块乌托邦。直到来到后小河，在这块土场上，不仅看到了钟楼的钟，听得到钟的报时，看得清窗子和门，还看得见梅山小径的台阶。

　　若不是另有异事吸引，我先得撮土焚香，对这图腾做一番拜祭。但没来得及，离我们更近处，另有一入云高塔与梅山并立。

虽然毫无可看处，却有异常功能。那是广播电台的发射塔，也算是本市地标，但其建材不过是钢铁焊就的，中间是空的，远看很虚，模糊一痕而已。奇处在高，当时必是太原盆地之制高。我在近前仰看，感觉天旋地转，那塔尖分明在移动，白云似在其颈移动。我们所有人都险得晕倒，才把头低下。老友说，还有奇事，乃掏出一耳塞机，将一端线拴于自行车辐条上，让大家听，于是小学学过的无线电知识瞬间崩溃！我们居然听到了广播。有新闻，有音乐。说什么唱什么不要紧，怎么凭自行车就接收到呢？

大概十岁左右，我和小林之间就发生过"所有制"之争，为的就是两人合伙做矿石收音机。我俩一边做一边商定，这个收音机是我俩"伙伙"的，即共同所有。但为制成后放在谁家，有了不同意见。幸好我们两家只一墙之隔，便放在二人均可摸到的墙砖顶部。这么个肥皂盒做的单管收音机，都那么难弄，透明的塑料盒里仿佛有肠肠肚肚，电阻、电容，线路绕来绕去，为此，还买了锡焊机和锡料，花钱费劲也不过听一个台。到了后小河，居然啥都不用，照样听广播！肯定有人测过，场强极强，但当时并不以身体为然。人人争相当喉舌都当不上。几年后，小林进入地处后小河的广播电台，对于今天的电台人来说，已经是后小河时代的人了。在省广播界，后小河就是老一辈的同义词。

发射塔就设在广播电台院内。由于电台重地，门口设军人站岗，后小河身价于是乎倍增。土场子里很少闲杂人等。除电台外，能在梅山钟楼之下扎营的就是后小河小学。把我们带入后小河的朋友，是个音乐达人，他的大本营，好像就在后小河小学。

我于是在那里见到了许多才艺女子。花容月貌，而且大胆，敢唱、敢舞，没有本市女孩的含蓄，用本地土话说，几乎个个都很"烧"，也许应写作"骚"，只是土话形容极"骚"，还要加些句子，叫作"烧鸡二百五"。我在这里见到的，均属这一级别。与精营街后裔比，另有一番过人本领。精营街的打架，我不喜欢，到是与"二百五"比较好处，既不斗勇也不斗智，管他是不是烧鸡，或者甚至是"骚鸡"。

所以，插队之前，在此地厮混约有一年。后小河于是乎成了熟地。不过就在我即将离开这城市插队前，才偶然从后小河的另一出口（西口）走过，才知道，那条街就是东缉虎营。缉虎营是不是比精营还来得硬的宪兵营呢？且不往缉虎营走，后小河与缉虎营交叉点一过，直接就是坊山府。我自幼常往那里去，熟悉极了，我家唯一的亲戚、舅舅家就住那儿，舅舅担任省府副秘书长，官邸在梅山脚下。我回回到舅舅家，只走东缉虎营，自小到大，却从未绕进过后小河。真是循规蹈矩到顶点了。

我们都长住在这个城市，其实没好好考察过它，最近有位以造城闻名的市长前往造城，不知他本着什么精神来造？照说这古城也该好好修理一番了，希望能升级，不止现代化，最好还能说明南华门之所以为南华门的缘由。人即便只有最简单的升华，很起码的文化要求，也会对所来之径有些了解。要不是有个有心人，我就会把后小河忘掉。这位人士把老后小河照片发到网上，并有文字介绍，才使我从中浮现出对后小河的记忆，知道原来后小河确实有河，早在民国时就干涸了。那里还有城隍庙，更早，太原也有七月十五放河灯的风俗，据说地点就在那儿。所以，后小河还是一处今人对故人追念的地方。人类绵延须追念，不然哪还有文明传承。

我所处的时代，思想盛行极端蹦跳，忽焉左，忽焉右，忽焉说决裂，忽焉说传承，忽焉说死人怎能挡活人的路，忽焉又大复古，列祖列宗谁都拜。蹦跳的力度来自某种激情，叫作"喝令三山五岳开路，我来了！"情绪化到豪气冲天，都和在精营里练过似的。可是却"二百五"地把精营在哪儿忘得干干净净。

造城要有助于提升城里人的文化，要尊重每条街道，包括它们原有的名字。我现在住在张家湾，听上去似乎回归了我们老张家属地，但这地方与我先祖没有关系，栖身于此十多年了，也还没找到张家湾的"湾"在哪儿。我推测是二十多年前本地造城时把湾干掉了。只剩了开发区白茫茫大地真平整！我希望二十多年后的造城能汲取教训，如果有朝一日，回到太原，见到后小河果然淌着舒缓的河水，河灯慢慢远去，除了感动，还要感激使文化得以复兴的城市管理者。

2013年11月18日

有“条”有路

城市道路有的叫街，有的称道，我小时候所在的街道被称作“条”。一来是窄小，不够路的资格，同时也许因此有难以理清的暧昧原因。这些“条”有的能通达衔接到其他去处，即：可通，有的不能；还有些“条”是基本直的，有始有终，有些则曲曲弯弯，而且无论直弯，“条”总与若干框框粘连不清，条与理之间难以区别贯通，不如路或道那样易于理解。

我在中年曾管理过网络，有如南郭吹竽。但即便是混，也知道了干线、支线、入户线之类的基本关系，由是观之，我们居住的“条”属于入户线。而且至少在当时，整治得非常粗放。当今也可看到某些地方，各种线团捆为一匝，稀里糊涂耷拉在某个拐角。非常之“条”。

我在“条”里生活过十几年，幼时早已把周围的“条”走了个遍。但由于太弯弯绕，虽然强记之，熟了，但这种存在方式把我的思维搅了个乱七八糟。就冲这，我注定不能成为一个条分理晰的人，以至于在理路上根本没能“条”贯之，最重要的是，连我们那一方好风水的“条”都没理解，连条达舒畅都不懂。

直到今年春节，途经离开十多年的“条”，在条口会见一位老

"条友"。之所以请他出来，而我未敢径入"条"内，盖由于心虚。

我俩同岁，俱是条内人，同届退休之年。在等他出来时，我打量了许久，还是那个条，只是比记忆中的窄而短了，这也很自然。空间经过时间再投射到记忆中时，往往如此。虽然里边也有新楼，条口挂了不少金字招牌，但对我没什么新鲜的，那条里的"气"还是原先的。"气"这个概念很难理解，现在有人借气功兼物理语言，称气场，其实叫气息也行，反正我是分明感觉得到的。它铺设在地面上，萦绕在整"条"的空气里，无所不在，完全不因为时间的流逝而稍改。我甚至能用鼻子嗅到旧日的味儿，那味儿大概比眼见更有痕迹感，它让我一下弄不清时间究于何处，自我离"条"，在外经历的另一个几十多年到底是真是幻？

"条友"面色与心境都好，知我入条之难，故未力邀。便在"条"口边契阔相谈，所谈之者多为旧事。其所言谈，心平气和，满满的家门口的踏实感。期间偶见一硕儒昂然而入，乃是我昔日对门邻居，我因其今已名满天下，不久前在电视上见到，故识得；他则因行之昂然而未看到我们。我与条友俱不由然伏首，不知是否有意避之。此时比较，他比我坦然得多。条口非久停处，于是告别。前走数步，发现变化，乃问条友：三条没了？答曰：早几年就拆了。又问：那我们还叫四条？曰是。

三之不存，四独存不废，看来"条"也没顺序了。

城市管理者犯不着在所有的"条"被废之前，再动脑筋。况且，我们的"四条"已有品牌或地标之概。

这十来年每每想，我的教育顺序是不是被搞颠倒了？先知与后知乃是一种程序，会导致完全不同的后果。有行为力时，只在想做不到的事，到明白定能做到的事时，却已无行为力。弄人也，造化！造化也，条也。

应该知道大道时，却一直在"条"里转悠，因条而约。在厌倦了奔走时，却无能为逸出轨道的规定取道回"条"。远不止此的是，一生都没搞清楚"条"的内涵，没理出经由条而贯之于理，继而达于道的路数。

由空中俯瞰，"条"真是太隐约了。到退休时方知，我之所为，正应该在隐约之事。

徒然惜哉！

2013 年 4 月 16 日

飞翔永不再来

思前想后，怎么也想不起自行车离开我生活的确切时间。这么思谋着，倒想起向往自行车的准确日子和地点了。

那是我十六岁的时候。用胡果家的自行车，在杏花岭体育场的跑道上，几经折腾，实现了"单飞"。

此前，胡果以愣而果决的方法和知其不可为而为之的耐心，从侧扶到后拽，创造了我最后"单飞"的奇迹！之所以如是说，是因为我非常人，在不记事时，就因小儿麻痹坏了右腿。故"单飞"对我有里程碑的意义；同样，胡果也是我应终生感谢之人，他把我训练到"单飞"，不亚于把常人训练到飞檐走壁。

杏色岭体育场是旧社会的产物，延续使用到改革开放后，不知哪个败家领导把这一公共设施，卖给了房产商，旧是很旧了，却是本地罕有的文明场所，而且永远对公众开放。其中有篮球比赛场、练习场，许多进城来淘粪的农民，把粪车斜倚在某处，就进场来打会儿篮球。我还记得一位头上总包一圈蓝边毛巾的农民，打得一手好球。来练球的各色人等偶然打个比赛，或全场，或半场，都力图把他拉到自己一方，如同现在俱乐部的引援。这人端得厉害，或穿插，或远投（当时本地话就把投篮叫作"秀"

相当于今天习惯用的英文"show",投得准叫"秀得好"),都出众得紧。他在哪一方哪方必胜。那时,新中国还没什么外交,不参加国际体育赛事,体育和爱国主义、民族主义还扯不上关系,所以还比较本质地属于百姓。我们则主要在其中最大的田径场玩耍,那是个学自行车的好去处。

据说杏花岭原来确实是岭,而且满岭杏花,所以,位于此地的体育场低于地面,呈池状。进入任何场地,都须下一条很大的坡道。田径场有两条坡道,由于场外地势不同,一条略缓,另一条很陡,寻常孩子把自行车弄进场内很是不易,身躯太小,够不住闸,够住也不好掌控,得时松时紧,还得掌握因坡道长而产生的惯性加速度。所以得三两个孩子共同努力才行。一经下去,就好办了,宽敞而摩擦力适宜的跑道让你想怎么倒怎么倒,毕竟不倒学不会自行车。胡果教我学自行车就从下坡道开始。

或许他和我起先并没有想到教我学车这回事,身手矫健的他,早骑得一手好车,我则常斜坐在车的横杠上,俩人出去闲逛。久而久之,我具备了车感,同时二人都愣,为变换花招,练就了他骑(蹬)、我执把(掌握方向)的本事,像耍杂技一般,却还满街跑。他负责动力,我掌握方向,这需要两人共同掌握平衡,如此又久之,习以为常,我俩的愣头终于达到顶峰,也许就是我执着方向,竟然骑到了田径场坡道的边缘,我俩粘连如一人,商量都没商量,就和跳崖一般,眼睁睁顺坡道冲下,哧溜一坠,疾风贯耳,如箭矢般射进场内。挟风裹电,那惯性带来的动力,足够我们冲入四百米跑道,一下不蹬跑多半圈儿!那种爽歪歪的劲头，让我们再次费力把自行车推上坡道，重新来过，一遍遍享受被"射"的快感。真不比现代化后花钱买票坐翻滚过山车差！世纪末我在好莱坞环球影城坐过，飞驰而下，还有一张照片为证，当时就被传输到游乐场门厅，所有人都一脸惊恐，独我表情安然，其风驰电掣感不够也就算了，关键是不危险，你知道不管怎么翻怎么冲，你都是安全的。我和胡果的冲入，犹如寻死一般，那种刺激，没寻过死，体验不到。我们反复体验以致必须升级，终于移车到那条陡坡道，万事不想，纵身跃下，吸引了全场目光，我俩如飞旋的车轮，以眼花缭乱、超越车轮转速极限的劲头，像从天而降，坠入场里。这条坡道的强大惯性，使我们在田径跑道上转出一整圈的地步，这条坡道上释放的能量，使自行车到了散架的边缘。如果不是很快出了一次事，我们还不知要创造怎样的花招，也许直到要把小命玩儿完了才罢。

那一日，我坐在看台上，看着胡果带着马小林从那条坡道冲下，作为旁观者，我真是吓得不轻，那辆随时会散架的车子如出膛的子弹！和着稀里哗啦的乱响，颤抖而疾速如箭，呈加速度刺入场中，我顿时想起扬州老保姆送我的诨名："膛炮籽子"！

但见那冲入场地的自行车彻底失控，低里歪斜，横冲直撞，连滚带翻，最后一头撞在了足球场的球门框上。他二人立时飞了起来，胡果落地后顺势翻滚了若干圈，马小林则重重地跌落在地！我和其他几个"魔王"赶紧过去，胡果已经爬了起来，正在摆弄那辆久经锤炼、本该解体、却不过仅仅大变形的自行车，他把歪到完全倒转过来的车把拧回来，又使劲踢并掰拧成8字的辐辘。马小林痛苦地坐在地下，扶着一条胳膊，见我们过来，不免哭起来。胡果已经试着骑上轮子变方的车，一咯噔一咯噔围着我们转，毕竟他也被摔了，为缓解压力，边转边说，他也摔得不轻，甚至还重！大家把哭泣不已的马小林送到医院，一拍片子，骨折了！肘关节还有一块骨头"跌落"。有如此严重后果，马小林才重新高兴起来，心情大好，足证痛哭有理。

在他伤筋动骨一百天的时间，我和胡果有所收敛，大概就启动了教我骑车的新刺激。我还是如冲大坡一样的没头没脑，并没有定要学会的意志，也无须毅力和决心，就是跌倒了再爬起来，一遍不成再来一遍……

胡果和那辆老车功莫大焉！二愣头终于修成了正果。我居然学会了骑车子！在我妈看来，不可思议。从我生病到十六周岁，她不停地给我治疗，白花了钱，白受了罪，所有付出，毫无作用，都抵不上学会了骑车。于是她说，你可得永远感谢胡果呀！这就是大人不了解小孩之处。

对我来说，那个病有如不存在了。从此我可以远足，可以与别人"并辔"而行，现在回想，我这一生的行动自由，伴随着的就是自行车。骑自行车，我才能说走就走，随心所欲。

我的车技很好，虽动力不足，但平衡能力强，能做到停而不倒，越是人多处，越见出我钻来钻去的本事，遇上个把台阶，根本不下来，提把就上，过沟坎时，手足配合，可以感觉不到颠簸。骑车几十年，没出过问题。大雪后，眼见身边一辆又一辆车滑倒，我却有我的办法，专拣雪厚的地方走，压出一串新辙，积雪阻力虽大，但并不算滑；即使走冰，也没问题。我放慢速度，绝不捏闸，一旦发现车轮入了冰槽，便点地停下，注意将前后两轮都移出辙外，技巧多多，反正从未倒过。自行车像我的翅膀，给我飞翔的感觉。一天结束，送女友回家，最是快活，心情放松，过去的这一天是美好的，这时可以确定了。华灯之上，宽敞的大街几乎没人，我便真像飞一样，挑衅性地骑到马路中间，车把左压一下，飞一个弧度出来，再右压一下，又划一条弧线过去，好不逍遥，那时看路灯旁的绿叶，感觉如同翡翠，想做首诗出来。由于不会，便以得鱼忘筌自慰，反正感受到了，何必以诗为证？证给谁看？我能够领会苏轼诗句"纵一苇之所如，凌万顷之茫然"全赖骑自行车。

与此同时，每段行程伴随着不同的歌曲，我只有在单独而完全自由的行程中才唱歌。我唱得全神贯注，唱得全情投入，有时感动到自己落泪，体会那歌的好处。我唱的专业化可以用行程佐证，每首歌从何处开始，到达何处结束，一个节拍都不会错。我的时空在自行车移动的歌曲中，被灌满多种情感。事实上，每首抒情歌曲，唱好了都会动人。关键在唱出高的质量。但是，离开自行车，我就不唱了。只唱给自己才唱得好。自行车虽没有外壳，对我来说，又是个独立空间。不知是歌曲包裹着它，还是它包裹着歌，反正我在丰富而充实的移动中享受着自由。在自行车上，我说了算，爱左就左，想右就右，在城市穿街串巷，南来北往。就这样，年复一年，像流动的渠水，秋流到冬，春流到夏。

二十多岁时，和搭档常常出差赴京。那时，财会制度规定很死，每天补助是个死数，好像是六毛，公交车费都在里边。多出去的自己贴。我俩仗着年轻，不怕出力，算计好了，回回到北京，先到大栅栏最北，应该是前门西河沿街东端的一家租车店，一人租一辆自行车（每天七毛），彻底放弃公交，换取更多自由。骑车不仅有助于认路，更能与城市贴近。让你没有身处外地的感觉。我们跟胡同串子似的，专走小路，随便骑行，渗入到旁人不知道的毛细血管，在那些地方，有所认识，有所发现。也不受时间限制，兴致来了半夜窜出，到西单看大字报；我们也不到外地人常去的商店购物，因为自行车帮我们发现了隐藏在小街里的许多铺子。我们大胆地在使馆区转来转去，看栅栏里外边世界的别样生活。北京虽大，架不住我们年轻。从崇文门到北新桥，我们和同方向的电车比赛，用不了多费劲，就超出好几辆电车。

在北大的第一课，班主任就告大家，先去买辆自行车，不然每天跑教室就够你一呛。我有先见之明，本来就托运来了自行车，小马为我缝了个小布袋，挂在车把上，里边装饭桶。在学校，这布袋一向无须取下，无论在哪个教室上课，它都挂在把上，课后到附近食堂吃饭，只需掏出饭桶，小布袋依然拴在上边。吃完，把洗好的饭桶一装即走。星期日，和小马骑车进城，固然累极，但睡一觉就完全歇过来了。真像老农民说的：力气是奴才，去了又会来！

北大的自行车堪称一景，图书馆、宿舍楼、食堂，到处皆是，那时没有霾，却有大风，大风刮过，自行车如庞大的多米诺骨牌，一倒一大片，阵势很大，没见过的，会大感惊骇。我横扫一眼，很快看到那个白蓝相间的小布袋，便过去，将我的车从车堆里抽出，之后上车就走。横躺着的车与车之间，难免牵扯，但谁也不管，使劲抽拉几下就成。人人如此，没听说谁的车因此坏过。学校是青年的世界，处处能感到多余的精力，或许无风的时候，哪位邪火一升，一脚踹去，自行车哗啦啦一倒，也是一大片。

学潮忽起那年，我和同学们一路骑行，从学校先骑到建国门，把车放在立交桥下，之后走上长安街，一路西行。

结束那天，我根本顾不上取车，任由它待在那里，赶紧买火车票回家。

那个假期真长，我从6月待到10月中旬，才接到返校通知。这期间我到陕甘宁玩耍，把刚发生的事忘得精光。一路坐着朋友的吉普车，他连驾照都没有，却激情满怀地翻越了祁连山。那时，我一点儿都没想起我的自行车。那么大的事都发生过了，丢个车算什么？

但我记得很清楚，10月中我返回北京，下火车还是先试着去了趟建国门，还在桥上，就看见桥西侧躺着一大片自行车。拾级而下，到近前，一眼看到蓝白相间的小布袋，尽管它已几近于发黑。我抽出倾倒的车，掏出车钥匙，对准生了锈的锁眼，手稍微一提车锁，顺顺当当开了。我佩服地看着我这辆斑斑驳驳的车，像看一个奇迹，从头到尾，这辆车气象万千，如有贵重的包浆，漆皮脱落严重，凡电镀过的地方，也全无光亮，轮胎自然是瘪的，我推着它到雅宝路找了个修车摊，打足了气，上车即走，开始还这磨那儿磨，不大好骑，快到学校就磨合得差不多了。

第二年，一个朋友考入北大考古系研究生，他是个修车高手，却没发现我这辆车本身就称得上是文物。他和我互换了几天车子，花工夫把我的车修理到顺滑无阻。之后，我俩常常同出同入，各自骑着车子。

　　毕业时，受过田野训练的他，给我打了个非常精干的行装，而那辆自行车则由小方叫来出租车，帮我托运到车站。

　　可见，这辆经多识广的车子是跟着我又回来了。我照例骑着它上下班，我住一层，到家只把它往楼道一放，它陈旧的外貌，一般不会引起小偷的注意。只有晚上，让小保姆将它推进房间。

　　只有骑着自行车，才会嗅到路旁的各种气息，包括风霜雨雪，包括"知青店"震耳的歌声，一路都是《跟着感觉走》，还包括菜市场、炒栗子、卤猪蹄、夜半的馄饨挑子和香入骨髓的馄饨汤……

　　一度，母亲给我买了辆小摩托，解决了动力问题。但我嫌其太过单兵突进，不能与人并驾齐驱，没怎么用就放弃了。

　　20世纪90年代末，满街都是黄色的"面的"，每公里八毛，开"面的"的都是万元户，干得十分起劲。好像在许多人都不以乘"面的"为然的时候，我还坚持骑车，并且一直是那辆经磨历劫，伤痕累累，瘢迹重重，郁郁葱葱的车子。骑着它，我不必看任何人眼色，毫无亏欠感。今天，我看着窗外麻雀，振翅过翼，一去无迹，那一身轻的样子，总让我想起骑自行车的时候。

　　追溯一番，想起有一段时间在电台做嘉宾（多愣头！），女主持总是专门叫"面的"接送，也许久而久之，再骑车就觉得远，觉得慢了。接近新世纪的几年，略微有些风生水起，还记得一个清晨，我们牵着孩子的手，身后是初升的太阳，眼前是我们长长的影子，在地下拉得很长，像要拽着我们走很远。遇到买早点的前辈，打个招呼，我们全无远足之意，内心没有任何准备，自然也没带任何用品，走出胡同却上车直奔机场，日子如漩涡忽起，说走就走，必须不管不顾，我头上似乎形成一个漏斗般的龙卷风，被不可抗拒地吸入。这回，自行车真的丢了。想到此，丢失的岂止是自行车！我们所有的家什全丢了，包括同样钟爱的铜弹簧床、有深刻记忆和刻痕的桌椅、书柜和所有的盆盆罐罐……

新生活伴随的是汽车，猛然进入，没有过程。似乎提速，却没了自如，起初车还少，路还是敞开式的；没几年，路全变了，几乎成了轨道，俨然成为列车，卡在封闭的线路中，日益由不得你。

夜晚卧于病榻，数次产生了疯狂的冲动，愣性不改，仔细谋划再度骑车的细节。我想，在人帮助下，上了车，斜靠在墙上，只需后边一推，也许我又会"单飞"起来。天亮回到现实，再一琢磨，可能性立刻退去。且不说双腿俱不能生出动力，平衡的方法还储存着吗？就算运动记忆难褪，毕竟能力不能匹配。摔一跤能经受得起吗？必须"歇菜"！

自行车属于我中年以前的时光，作为一个物件，对我是一双翅膀，一种意志，一种自由，还是一段永不再来的时光。

2014年11月26日

单身老魏

老魏是个画家。正像中国有许多有过名的画家一样，现在已经没多少人知道他了。我也不记得他有什么作品，包括他是怎么个画风，擅长画什么，画过什么。但不能否认，他是长辈，是最早的中国美术家协会会员。他画画的时候，我还没到这世上来呢！老魏固然没有画出过杰作，可他确实是闷头画了一辈子。

正如大师言，艺术家就是艺术的牺牲，是奉献在神坛上的祭品。

少数牺牲留了名，多数献祭如蜡，烛泪成灰者如老魏，早被人忘了。现在，比老魏晚几代的画家，也已经被风水轮流转的运道，掼出人们的记忆。搞艺术真是非常之严酷，任你怎样的努力，时乖运蹇，该埋没就埋没。

当然，我不能肯定，会不会有一天，由于某种原因，老魏的价值被重新发现，不过可能性非常小，不会比我想起他的偶然性更大。

我是聊天时，偶然说到幸福，说幸福就是舒服。突然冒出一句河北磁县口音的话："舒服，四大舒服。"

口音和著名的许三多相近，只是还加了叹息"这四大舒服！

唉！"

循着这一声叹息，一个模糊的形象渐渐清晰。足有几分钟，不仅想起遥远的老魏，从他叹息的神情，还想到他的一些事情。

四大发明，四大名著、四大名山、四大名刹，还有许多四大，唯四大舒服，从没听别人说过，也许是老魏的发明。记起了老魏的这话，也仍然想不全四大舒服是哪四大，只想起"吃法国大餐，娶日本老婆"两项来。

无非是吃喝玩乐吧。

但老魏跟我说"四大舒服"的时候，还是在忌谈享乐的时代，而且老魏长我一辈，我那时还不到二十。于是他的口吻庶几像。但总在酒过几巡后，他指着自己的脑袋说："你管你喝，我，不行啦！头上已经三个圈儿啦！"之后就叹气，"唉！四大舒服，唉！"

其时，我也晕晕乎乎，眼中的老魏，就像张乐平漫画中吃人掌掴的三毛，头上绕着呼啦啦转悠的圈儿。用头上圈儿来衡量晕乎的程度，也只有老魏如此。

说他是形象思维吧？那个圈儿又是抽象出来的。可以肯定的是，老魏对于状物，很有独特性，而且很坚定，不管你懂不懂。再喝一会儿，他会准确地说，他已经六个圈儿了。我说：那我呢？他瞪着眼看我半天，还伸着指头数一下，说，你，才两圈儿半！

虽然我记不得老魏的画，但对老魏的生活能力印象深刻。他跟谁都嘻嘻哈哈，没大没小，脾气好得任谁都敢摸他的脑袋，没人跟他动火。他的谦恭，使他赢得了独住一屋的待遇。

当时是一帮人被临时抽调在一处搞展览。都住办公楼宿舍，独老魏不知说动了谁，获准一人独住在展览大厅一间小屋里，兼当大厅看守。

大厅是俄式建筑，屋顶很高，至少从里边看，有拜占庭风格。老魏占据的小屋，大概原本是个杂物间，高到不合比例的双扇门，显得细而长，开合起来很是隆重。房里也是细细的一条，有尖顶的玻璃窗，这一派普世的庄严，被他一概染成华北乡土特色了。他在地下铺了个床板，下垫两块砖，铺着河北被褥，散发着实足的河北味儿。优哉游哉地躺着，看高大的屋顶。

由于长期独居，老魏有许多做菜的绝活，其中最绝的，今天的人实在觉得不合常理，甚至与烧菜之道全然相违，但当时还是技惊四座：他能把买回来的新鲜鱼，做成罐头鱼的味道！

"像不像？"老魏揭了锅，夹起做好的鱼片让人尝，真是美味得脱离了现实。除了罐头，具体的人哪儿能做出这么专业的味道？老魏就有这秘籍。至今不知他是怎么弄的。反正辛苦整这么一回，从来不为独享，必以分人，邀朋友共餐，喝上五六个圈儿，就算高了兴。一高兴就想起"四大舒服"。

"文革"前他就是美协的，我在文联大院长大，所以从小就认识，称他叔叔。

当时他就是单身，也住在一间有僧帽般尖顶的屋里，里边黑乎乎的。也许他的运道中，注定总有洋房可住，即使是洋仓库。因为我知道，之后，他又从僧帽房搬到一座堆满杂物的二层洋楼上了，那是在他把儿子接来后的事。但同样的运道是：他又是公共食堂的终生受益者。

当时的单身，不是指未婚，而是夫妻分居两地，当时的分居，与意愿无关，与住房也无关，是与至今还很刚性的户口政策有关。老魏是老资格的画家，当上画家，比画出好画来还解决问题的是，他成了"队伍"里的人。遗憾的是，老魏还是个老资格的丈夫，早早娶下的媳妇，便落在乡下的小窝，再也出不来了。

这就害得老魏一辈子总幻想着"四大舒服"。

既然"享乐"不成，就只有"想乐"。想乐的人完全不是享乐的人，正好相反，享乐在他生活中最为稀缺，才"倒逼"出来想乐这种应急或升华心理。那时候机关老下基层，是老魏最巴不得的事。反正他在机关和住旅店差不多，别人下班有家可回，他只能独自到洋库房，连个说话的人都没有。倒不如下乡，再苦再累，大家都一样。

"文化大革命"住了一年"中办"学习班，到底是中央级别，回来后像变了个人，原来精瘦的老魏，一举成为一个挺胸叠肚的胖子。大家都觉得，除了那张脸和口音还是老魏，其他都不是原来那个老魏了。

靠猜，也不难想出老魏在历次运动中有多为难，让老魏这样的人选边站队，他只能用稀里糊涂来应付。使劲往边缘走，结果只有两种可能：一是哪边都不把他当自家人；二是双方都把他当自家人。但都认定他靠不住，而且糊涂。

这还办什么老婆户口？一晃十几年过去，老婆都等得老了，搁在乡下也罢，可还有儿子呀！责任这等重大，如果出卖灵魂能解决这一难题，那就卖吧。无奈不是每人的灵魂都卖得出价钱。何况运动不断，掌权的忽焉在东，忽焉在西，

老魏尽管力求玲珑八面，灵魂照样无人购买。他既无猪头，二无庙拜，只能幻想，岂有他哉！

老魏有个和我一般大的儿子，一向在河北老家，老魏当然希望儿子能成为城里孩子，一有机会就把儿子接来。大院的小孩都很喜欢老魏的儿子，因为和他父亲一样。这孩子时刻喜气洋洋，一双笑眯着的细眼，会传染给人一种快活。有趣的是，这个土头土脑的孩子竟有个洋名：面包。

在天天吃粗粮的年代，名叫面包，有如今天叫麦当劳！或更洋，pizza！乡下人当时根本不知道面包是啥。可见老魏对孩子有着怎样的期望！

老魏一旦画画，只能看到天外有天，并为外边之天吸引。他对民间艺术在心理上有拒斥：自家的泥腿子还有待拔呢！所以他跟放过洋的人学打网球，打完了偶然还喝点红酒，努力往洋派上走。

面包一度来城里上学，和他爸爸住一起。面包比我们懂草虫树木，所以格外能捉得着好蛐蛐，也会调理，放在一个玻璃罐里，还贴了张白纸，上书他写的四个大字"黑头大王"。

一个孩子来叫阵，非要"黑头大王"出来和他的蛐蛐斗。结果"黑头大王"把对方击败，那孩子脾气不好，当下一脚把"黑头大王"踩死了。面包拣起"黑头大王"的尸体放回罐里，细眯

眼里流着哗哗的泪，嘴上还赔着笑。

直到"文革"，也没解决户口问题，待到老魏发福变胖，更是大势已去，连老魏自己都得下放，面包也就返乡继续当农民去了。

到我和老魏一起喝酒的年代，我见过一次面包，他来看老魏。临走时，老魏到我窗外喊，要我下楼，挥着手说：面包！面包！

我一看，可不是面包吗？当时我们还不到二十岁，他已经显得老了，风吹日晒的样子。我激动地下了楼，光天化日之下，拉住面包的手，不住地说：面包！面包！

旁边的人都以为我们饿晕了。

见我感慨，面包就憨憨地笑。问我结婚了没？我很诧异。老魏说，面包，儿子都有两个啦！

这是我第一次意识到，我已经到了可以做父亲的年岁。

到了晚上仍然往老魏那儿跑。喝到十来个圈儿在头上绕。听老魏叹息：人生"四大舒服"。老魏很谨慎，每次喝到最多六个圈就停，顶到头的醉话不过是"四大舒服"。以他的郁闷，我觉得稍稍放纵，还不得喝个十来圈？当时像他这样的单身也有不少，有些免不了大醉发狂，老魏从来不过嘤嘤嗡嗡。

"文革"结束后，老魏又将他的小儿子接了来上学，大概也是想造成既成事实吧？用以敦促领导给他解决团聚问题。但各方面似乎不大理会，却都在议论，这孩子既然是面包的弟弟，是不是叫菜包呢？后来有人根据长相特色，说这孩子叫豆包。老魏一概不解释，别人问起，他也用别人的话说，豆包要在这儿上高中，上大学，不会再像面包一样回乡种地了。

多年后，老魏的邻居说，老魏去世了。去世前，老婆的户口办来了，孩子工作也安排了。

邻居还说了些悄悄话，我最怕听悄悄话。也许老魏不大会办事，或者他压根儿没积极推进这事。只是顺其自然，水到渠成。最后是渠都塌了，水才过来。可见，这类道理并不总对。

当然，不排除老魏已经适应了单身。事实是他一生没过上正常的家庭生活，只能在喝上几两后，在脑子里享受"四大舒服"。他喜欢夜晚，喜欢在空旷的大厅幻想，我估计他虽然没画出好画，但肯定想象出来过好画，和那些"不立文字"的禅师一样，这种了无痕迹的"画"，并非没有价值，也许比许多画出来的大画，还值得玩味，但要人用心才能"看"到。它带给老魏的，也许是种痛苦的舒服，或者是舒服的痛苦，我从他经常的叹息中猜到。也或许就是因为他这种感受，使他无法画出一幅有笔有墨的画。

永远猜不到的是老魏的家小。面包兄弟和他们的母亲都不是画家，不知道老魏在画坛的地位，但这个家庭已经习惯了某种重要的遥远存在。在这个家里，丈夫和父亲是半具体的，像一幅残缺的画。

老魏似乎没表现过乡愁，这种情感属于彻底的离乡者。我和他在一起，偶听他说起家乡，他告我，他老家不仅喝酒时要"划拳"，没酒喝也划，论输赢的法子就是"划拳"，他轻蔑地说：老家竟然不叫划拳，而叫"骰枚"。

写这篇短文前我查了一下，互联网上有老魏的说明，并附有一张标价为无价的画，是一幅门神。是不是他的家小发上网的呢？是找不到老魏的其他代表作？还是认为他一生对家的作用，有如这幅门神？无价是什么意思呢？

我从来没和这位忘年交说过多少正经话，以前也没用严肃的态度想过老魏。现在想，如果老魏活转来，你跟他说"以人为本"，他八成会收了笑，一本正经地说：可不敢开玩笑！政策上的事，人要能为了本，岂不成"五大舒服"了？

唉！——

2011年冬

乡下人

一

我已经连续在乡下生活了十七年。这是我连续生活最久的地方。只有回头想，才觉得震惊。近四十年前下乡插队，说是要扎根，其实两年就回来了。那两年之漫长，让我在结束那段生活后深感庆幸，在确知再也不会回到那种生活去的状况下，我才让艰苦、孤独，发灰变黄，成为日后几十年的纪念甚至怀念。

谁知，几十年后，我又住到乡下，并且已经十几年，这回大概要扎根了，很可能终老于此。

以为永远不会再度发生的事，会以预料不到的另一种方式发生，没有一片树叶是完全相同的，但年轮看去没啥不同。

不兜个圈子，就不知道起点。我没有选择过，或是稀里糊涂地选了。

这次居住的乡下，比插队时的那个村还寂寥，乡邻们不相往来，既无亲戚，亦无农人，原先还见到些田畴绿意，近年也荡然消失。乡间行走的人，哪个与你都无关，与幻影无异。我尝欲与人搭讪，但人皆漠然，防范在先，纵使摩肩接踵，也永不相识。

十几年来，本乡本土的原住民，已被淘换净尽，悉数进城高就，这方土地便为更远的八方来客所踞，彻底"腾笼换鸟"，新鸟之间不知根底，只按需求关系，架构着关系。不过来客五色杂陈，各具底色，有白山黑水的，有天山南北的，聚在这不大的"块堆儿"（唯这个词是此地土话），呈现各自风习特色。

与插队更不同的是，已进入互联网时代。不需要什么自我修炼，技术就能让你心游万仞，精骛八极，没这一条，我断然不会在这偏远处待这么久。但究竟虚拟还得加上现实。

我们这个乡，两年前才有快递服务，但线下服务还不行，在o2o服务范围以外，目前还找不到能服务的app客户端。只要涉及线下，跑腿到这么远的地方，谁也不上算。城里的朋友得意地告我，手机一划拉，送菜的就来了，还是细菜，韭菜是摘净、洗好、切好的。我上网查了一下，能到我家送餐的店，也还在十公里以外。

可我家门口竟然饭店云集，仍然留在"店小二"阶段，很古典地派"采购"买材料，到饭口时，一溜"小二"站在路边，疯狂地拦车抢客。

路边店铺老板除了老张，都是外地人。我奇怪，既然"北漂"，为何要漂到这么边远的地方？都快到河北了。不过想想我自己的流落，便觉得世上糊涂人纵然少，聚在一处也是成群的。

我常去的店铺有两处，一是新疆人开的饭馆；一是黑龙江人开的洗车店。

新疆人的饭馆"有饭无馆"，像个大饭场子。从开春到入冬前，饭桌都放在马路上，公然占道经营。这倒是乡下的好处。

我行走不便，出外就餐少，尤其不爱进室内，嫌空气不通，更怕地滑，恰好愿意在街边。乡下不怎么见到官家身影，要么是比较隐蔽，要么是无为而治。所以新疆馆子很自由，不止占道，随着摊场的扩大，还在树上装了探照灯，覆盖了占据的地盘，点了大炉在路边烧烤，不知从哪儿定制了大盘电扇，将滚滚浓烟驱散到老远。以致夏天的晚上，方圆几里全是孜然味儿。

服务员一律是豪气干云的西部汉子，极其马虎。我打开汉子拿来的菜单，油腻腻的真皮封面，很厚，翻来翻去，点这个，他说，没有。毫无歉意。再点一个，照样说，没有。

到最后，倒是他看着麻烦，干脆说，那上面的，全没有。如此直率，你连问都不想问：那干吗还拿这么个簿子让我们点？

于是要了炒面片或者馕。过不了一阵，他就会把我们压根儿没要的菜端来。在双方疑惑着对眼儿时，旁边定会有一桌说，那是我们要的！汉子们从来瞎胡送，错误率高达百分之百，但最后总能调整对。不送菜饭时，汉子们就追打嬉闹，一点也不管是不是影响顾客。此时路边客往往都在吼叫，或骂上司或诉衷情，本该用悄悄话表述的事，到这儿全是吼。嬉戏的新疆汉子穿插其间恰好掩护，而且相映成趣，吼的，听的，玩的，谁都难以分辨自己在哪个声部，恰成和声佳境。

我很少能久坐。据说，如果坐到十一点以后，结账时，掌柜就搞不清了，既搞不清，就不多要，只含糊说个约数，一百二吧？客人知道，光啤酒就不止这个数。再久坐，过了零点，他索性就不结账了。你站起来走人最好，还省了他眯眯瞪瞪说：你们已经结过了嘛！

如此胡乱经营，也能挣到钱？那日忽见服务员中一位少年，油渍麻花，摇晃着钥匙，从路边开走了一辆崭新的凯迪拉克。不知到哪儿绕了一圈儿，满不在乎地回来，把车随便一杵，像从拖拉机上下来，之后从座位上拖下些葱蒜，见此光景，遂不再有是赔是赚之问。

这家完全像做游戏的店，可能是附近业绩最好的，旁边也有"堂而皇之"的，不断在换老板，唯这家谈不上门脸，也谈不上服务，饭菜也不可口，价钱还不便宜的店，几年屹立不倒。

总有一种理论能解释这一现象。我在许多财经论坛听过高论，确有类似"游于艺"的管理方式。

我看到的是，这儿有一群快乐的新疆人，好像什么也不图，而是按照他们自己的法子，把这一小块地方改变成了他们的家。"此间乐，不思蜀"，边疆人跑到北京远郊寻开心，感染着这块儿谁的老家都不是的地方。

这家店的老板娘像波斯女人，全身蒙着黑裙，头裹白纱，只露五官，越显漂亮。据说租住在老张开的"新世界大卖场"里。老张是唯一的本地掌柜，只他一人忧心忡忡，愁容满面，原先开着一家小门脸，加盟"物美"，因为老给我家送水，成了熟人。我对他的坚定不移，非常佩服。每次来送水，我都表示担心，认定此地无人气，无钱可赚，不如关张。老张答非所问，说，如果不加盟，到不用交加盟费了，可谁管"上货"呀！这才知道，他只会站柜台、送水，其他都不会。但他是一根筋，中了开铺子的邪。天天骂房租贵，怨自己没有上层关系，结果还是咬牙租了座三层小楼，跑来跟我说，豁出去了！改新世界大卖场了！上了档次，不好请他送水了，但听说他占不满三层，而且"大卖场"里冬天没暖气，夏天没空调，一家三口就这么苦苦坚持。

新疆女老板就租住在老张空闲的三楼，而且与同层租户不和，老张老婆还得调解。不和的原因，好像就为扫地轮值不公。被老张老婆一说，好像和民族纠纷似的。

我只在车上看见过那位漂亮的女老板精灵古怪地蹲着，像黄冑先生画的一样，她和几个孩子玩儿小石子。那种投入的样子，和她的员工一样，既无远虑，也无近忧。让人看了就开心。

所有这些人对这地方是不是能发展，未来会怎样，乐意了就聊聊，不乐意就不聊，活得很是轻松。

黑龙江人的洗车店稍远，让我判断，那地方也不适合经营，但也有十多年了，他们一直在那儿洗车。最早我们去时，随去随洗，水蜡也喷得很多，满车泡沫。后来再去，就得排队，洗得也快了，所谓水蜡，也就溅那么几股。

唯这店里一对夫妇，像是铁打的兵，换几茬人，他们也不走。男的闷头干活儿，负责冲水喷蜡，不爱说话，女的负责细擦，是个大嗓门儿，不知为什么，对我分外热情。最早是在她擦车时，我为不方便下车而客气地解释，她大喊："不碍事！你坐着吧！"之后，她坐在驾驶座上擦时，我也顺便抄一块布擦，这就悟言一室之内了，有了说悄悄话的交情。现在，简直熟络到全不商量地亲自搬起我的腿，擦我踩着的地方。擦完了出去，她会高声告人：他其实什么都知道，会唠嗑，可聪明啦！生怕别人把我当傻瓜。

这对夫妇就住在洗车房里一扇小门里，车开进洗车房就可以看到，窄小的一扇门，出门满地水，冬天一地冰。我们眼看着这对洗车夫妻把儿子供到大学毕业，还在我们附近一家产业园找到工作。每有好消息，洗车大嫂会赶紧告我们，儿子毕业了！我问，学的什么专业？她手扶住车的挡把，说，就是学这玩意儿的。找到工作了，每月税前四千八，还有奖金。我们由衷祝贺，她也高兴，"嗯呐！挺好！"哈哈大笑，接着赶紧又洗别的车去。又过一阵去，她说买房了，就是远点儿，靠香河了，前几天去看房，两室一厅，能找媳妇了……我问过几次：过年也没回老家？她总乐呵呵地说，没回！回去啥也没了，这不一家人都在这儿吗？

这对黑龙江夫妇和新疆人模样不同，前者像契丹、突厥或蒙元女真那样高高大大，后者则有某种斯拉夫人的浪漫悠游。行走在两者间，好像在跨越版图。他们都是偶然来到此地，坚定简单而又快乐地对付着各种困难。每次和他们打交道，都有定心安神之效。

这块边远的地方，因为靠近都市，引来各种各样的人，又由于远离中心，得以呈现自己的模样。这与我老家大不同，我老家在黄河流域，是汉文化的发祥地，一直是这个国家的腹地，似乎是根之所在。根之深，之强大，之主流，之自尊，具有某种拒斥力。压倒性的惯性，总在变局中顽强张扬自己的存在感。

这地方不是，各色人等来了，本地人自己却走了。以致没有强势语言，没有压倒优势的文化风习。网上查一下会知道，我生活的这个地方，有个惊天动地的名字：渔阳。没错，就是"渔阳鼙鼓动地来"的那个渔阳。生出过曾动摇大唐的蛮力。

此地从西汉末一直是汉民族的边关，直到明朱棣在北京建都，才被收回。一直是政权摩擦地带。晚到1935年，还宣布过独立，组建自治政府，发行自己的货币，建立自己的"海关"。当然，因为不得人心，两年就垮了。

这么个既边远又中心的地方，今天还是看不出它的地域文化样态，我做了这么久的乡民，对此地根脉还是说不下长短。本地出过赫赫有名的作家刘绍棠先生、浩然先生。研究他们的作品，当会有收获。可惜时代只让他们写人民公社。

究竟是什么因缘，让我从大槐树漂到大运河，也是奇哉怪也！也难怪路人只如幻影。这样的乡村，是稀里糊涂，没心没肺之人的聚集地。孟德斯鸠说过：人在苦难中才更像一个人。套用这个句式，人在没有原乡人的地方，才像个原乡人。

二

我们村最大的特点是没人。偶有人影，也是过路的。除人而外，其他齐全。光是通讯光纤就有两家公司在运营，也有不知从哪儿通来的天然气，和中东白白燃烧的能量一样，因为，要想看到一个蹲在树下或路边休息的人，绝无可能。所有晃悠的人迹，都如能穿透的影子，和你无关。彼此能交叠着穿插通过，而无任何关联。门口有两所学校，上下学时，会有大量高级客车或私家车排队等在那里，把一条小街彻底堵死，校门打开如开闸放水，不一刻，连人带车消失得干干净净，一点痕迹不留。很像是个梦或者错觉。天天如此，没有变化，像固定时间放固定内容的电影。于是这个村像一具有呼无吸的身体，让人无法判断它的死活。我觉得不到这儿来待几天，就不知道什么叫作转型期的农村。

沿一条好像是大堤的路，走二三里，是个停留在四十年前的人民公社。很有人气，但无论人和物都褪了色，像旧电影拷贝。有黑白铁社和供销社，橱窗上着旧木板，木柜台上摆着红底白花的脸盆，光可鉴人的暖瓶，货架深处黑咕隆咚，放着农具、种子、肥料、三轮车，不知要卖给谁。我在这儿住了十多年，可以肯定，方圆几十公里，早没种地的人了。路边有缝纫社，阳光洒在玻璃窗上，是那种十字格的窗，刷着淡蓝色油漆，当然，已经剥蚀得隐约可见。褪色的妇女接了活儿，在褪色的光线里，给布喷水，熨烫，踩缝纫机。屋外就闻得见老布和机油的味儿。磨圆了的灰马路牙子旁有钉鞋的、配锁的、蒸饸面馒头的、打烧饼的。卖熟羊肉的用有玻璃柜的小车，羊脸朝上，表情顺从，像在眯眼打盹。行走的男人都好似生产队长，彼此吆喝着，指挥着。没有年轻女人，只有中老年婆子，多是阔脸宽腮，全像《艳阳天》里的焦二菊。

这个存在于另一时间的空间不大，方圆不出百米。穿出去后，没有缓冲带，没有任何过渡，隔条马路，就是望不到头的高楼大厦。但这块地方的人不受影响，看都不看，穿着旧时衣，说着旧时话，而且，似乎针插不进，水泼不入。不知是什么把它封闭得那么严，以致给我"活化石"的感觉。我们到那儿去买开花馒头，和传说中的饽饽。后来有人在路口装了个栏杆，便不再去。

前些年，随着夏风，偶听得某村的喇叭在广播，一遍一遍说，有买肉的吗？到大队部来！后来知道，这一带没肉铺，是回民区。在镇上还有一座清真寺。但居民住在哪儿，我们至今不知道。看规划，这地方日后是文化旅游区，也许会被保护下来。

但从资料看，这地方的古怪发生在过去，虽然现在也够怪的。据传一百多年前，此地帆樯林立，商贾遍地，是个极热闹的地方。长达近两千公里的京杭大运河，到这儿是终点，所谓漕运，最终要抵达这里。粮食、木材、布匹，都从这儿卸下，再进入京城。漕运是1901年停止的，距今不过一百一十五年。怎么一丁点儿气象都看不出来了呢？听说有遗迹在，就在那个停留在公社时代的小镇，我在那儿见到过标准的一尺巷，不知须钻哪条小巷，才找得到那座旧时小桥。小马干文物保护，参加过京杭大运河申遗的工作，还到山东、江苏考察过。但她也没到过家门口小镇的巷里看过那小桥。这就是今时的古怪了。自从小马所在的部门将大运河申遗办成，附近到也出现了些新建的指路牌或标识，说这里是古运河码头，但依然没任何起色。还是一派萧条，一派宁静。没人朝理。

还有一重怪事。这地方的人极爱放炮，无须节日，动不动就有炮声响起，在家里，很难分辨出炮声来自哪个方向。起先听说此地有人死放炮的传统，这个印象很深。所以每每听到放炮，都以为是有人过世的昭告。过世的是那些白天的人影吗？他们住在哪儿都看不出，更猜不到是在哪里离世了。不过或许，放炮是运河码头的遗存。据说，每年三月一日首帮漕船抵达这里，会燃放"万头鞭"，码头沿岸商铺献茶果，贾船上则掷银捐物，商民鱼水之情在炮声中毕现。现在放炮仍有"万头鞭"之势，莫不是留下了这常常凭空而起的声音，作为遗存，表现昔日的繁闹？顺着这思路再想，也许这地方过路人多，也因为消失了的码头，因为那时漕运衙门有规定："各帮船到此只许停留十天"。像如今精密管理的空港转运站，此去才能彼至，调度严格，不然就乱套。自元代漕运走这条路线，这地方就是个过往之所，无人可以久留。

难怪外边只有游移的人影而无居民，有虹吸般涌来涌去的学生而无驻足者。我就纳闷了：何以我在这儿一待就是十五年，而丝毫不见变动之兆？

2015年9月

外乡人老大

顺着无序的思路想起老大。

起先无意，是溜到他身边去，但既然想起，就循着想下去，老大渐渐清晰了。

与老大分开，已经快四十年了。四十年间，仿佛什么时候听说他死了。没有太经意，因为即使活着，我也不会再见到他，他就像我后来闯江湖，无意间在晚风和暖的广州海珠广场遇到的一个擦肩而过者，像我在上海淮海中路盯着看了一刻钟的旅行者。这样的人实在太多了，他们构成了我对人世和红尘的某种认识，为我勾勒出人群这个概念的具体模样。他们中的许多，与我撞过肩膀，与我挤在一处，亲密无间，在拥挤的公交车或其他城市容器里，我们被团在一起，撕扯不开，我们被按在一起，身体凸凹相嵌，成为同一，但他们是谁呢？

在已经再不能行动，成为顽石的今天，我愿意称他们为兄弟姐妹，转瞬即逝的同类朋友。我在你们眼中也是尘埃，大家都不过是尘埃，互相装点着。

但与老大，交往比这个深些。突然，我明白了，为什么会想起老大。是那天说起打开局面，交往能力的话题，我一下走神了，搜索我所知道的天下最会打开局面的人，从外交家到记者，挨着排奔前捋，直到最早，定下格来。这人就是老大，他是在我十七岁不到时，走入我记忆的。

那天是1970年7月28日。只要我活着，就忘不了这日子。

下午五点多，我们全家被两辆卡车卸在吕梁山一个小山缝里。卡车掉头而去，我们被一群看热闹的农民围在一团。那景况让你真切地感到被扔了。周围密密麻麻的人，与你语言不通，他们彼此也一言不发，就那么盯着。我被盯得很毛，便说些抱怨的话，谁知这使我们更有看头了，更多的人陆续跑来。我们坐在地下，守着家当，纯属一组行为艺术，背景和我们形成对比，很有感染力，让这么多人大饱眼福。盯到一定程度，他们中有人过来摸我们的柜子，还有人将我们的自行车，从家当中拖出来，喜滋滋骑了就走。没人问我们是谁，为什么突然闯进山村。僵持了很久，总算有人来看我们的文牒，之后，要我们搬到村口小庙侧边的石窑里住。围观者一下冲到我们之中，每人一两件地把我们的行李和家当一举塞进石窑之中。那股搬腾劲，如秋风扫落叶。

此刻，逆流中这个叫老大的人，分开众人走向我们，他身躯高大，一脸严肃，声音洪亮地训着：慢些！你们这些混蛋！这是我下车后听懂的第一句话。老大来到我们身边，俯身言道："你们可要小心，这些小子很赖。看紧点东西。"我们正茫然，他回头看看又俯身悄悄说："我也是刚刚才来的，从中央下来的。"

我大吃一惊，完全是对这个人的面貌。一个也是刚才下来的，居然被改造到这种地步，以至除了说话口音之外，哪里都和当地百姓毫无二致，黑红的面颊上是长长的永贵式皱纹，粗糙的皮肤，浑身的旱烟味儿，难道不是长年雕刻与浸润的结果？

我们说："自行车被人骑走了。"他说："那没事，他能骑到哪儿？溜溜就回来了。看好小件细软。这地方，东西越大越不好偷。"他斜斜地眨眨眼指挥别人搬东西去了。

行李初放定，老大坐在炕沿开始搅烟袋，我们问："您是这里的领导？"话刚落，围观的人便大笑起来，老大有些尴尬，更有几个光屁股的小孩说，"他是个球。"老大扬起烟杆，把孩子们轰远。我们问："您是哪天到的？"老大激动而又一本正经地说："1953年才来的。"

他那表情，让我一下想起渣滓洞监狱，与老许相认的华子良：

"三十年前，我是华蓥区委书记！让我们迎接这个伟大的日子吧！"

就这么震动，1953年！还才？我正是1953年出生的，距今十七年了。老大却说"才"，接着又说，"我是从中央下来的。"

比华子良还隐藏得深，让我们颇起疑心，即使十七年，也是中央干部呀。老大摇晃着脑袋嘀咕起来："中央那个地方呀，真不好待。"

他是牵进高饶的案子？还是胡风集团？

肯定是胡说八道，我心想，就冲他那副老农民模样，说他在中央看过传达室，我也不信。就是在中央当过马夫也不至于成了这样。

但老大完全没有胡说。

他说的中央，其实是中阳县。倒是怪我，当时不知道这个地名。他当过几年兵，复员时嫌老家过贫，1953年来到这个小村，虽然也是土山沟，但地广人稀，好养穷人，便定居下来。十七年来还是第一次见到外面又来了一拨新人。

老大的眼睛给我很深印象，很大，有些斜视，定定地睁圆了看你，却让你觉得他在看你的左耳："这里的人就不知道有时间，不知道世界上有表这么个东西，你看这些娃娃们，吃了饭又来啦！滚！滚回去睡！"

老大斜眼与孩子们对视，还把鞋扔过去，之后慢慢光着脚去取鞋，从容的步态，就和穿着鞋一样。他身后是满天明亮的星星，窑里的烛光照亮他圆眼中的瞳孔："你们累了，明天来招呼你们。"老大是当晚最后离开的人。

由于刮起"萧瑟秋风"，而且还"换了人间"，我一夜没睡。想这想那，一想到老大就担心，日后我会不会也成了老大。而且确信，我已经滑到了成为老大二世的边缘，那时我总共活了十七年，觉得每年很长。但今天第一次从老大的行为中感到十七年或许很短，他毫不夸张地用了个"才"字。这是他的真实感受。他仍然看不惯当地人，一见之下就主动与我们为伍。欢得像孩子。这十七年他是多么孤单？可是，就像今天这样，我不也被扔下了吗？真的中央（不是中阳），不就是让我们"扎根"吗？扎根怎么也得十七年以上吧？所以，今日之老大必是明日之我哉！

早晨四点，老大便在窗外叫我的名字，其实他是在喊我父亲，当地的礼俗避大人名讳。父亲警惕地问："谁?"

"我是老大。问一下，几点了？"

父亲看了看表说："才四点半，有事？"

老大说："来早了，五点烧火，漏粉。你们休息吧。"

这还怎么休息？月光把老大的侧影投射在窗户纸上，他发出生物的动静，呼吸、咳嗽、擦火点烟，吭吭哧哧。等他离开，我们也睡意全无，从那天起，在我们搬离石窑前，他天天早早来问时间。他的意思大不了两层：一是他知道有几点钟这么回事；二是让人知道他起得早。

早上开门才看见，我家对过就是生产队的粉坊，老大是粉坊的"把式"，按照分工，他专管粉坊，主司漏粉。漏粉就是做粉条。粉条的原料先要拌成稠稠的浆水，之后盛入一个大葫芦瓢里，瓢的底部开几个小眼儿，漏粉的人须单臂将这一瓢浆汤举过头顶，另一只手在一侧轻轻而有节奏地敲瓢帮子，让浆汤从小眼儿里流下来，流入下边的一大锅沸水里，举得越高，漏下来的粉条越长。后来我常去看老大漏粉，他高擎着瓢，赤着膊，大块的肌肉棱棱角角绷着，很好看。

漏粉这活其实很苦，从配料、拌浆汤（很稠）、到漏、到煮，再捞出来晒，全是老大一个人，这一揽子工程，只是漏时好看，其他工序我就懒得看了。粉坊很脏，味道呛人。

村里设置粉坊，并不为卖粉条给人吃，人吃只是附加功能，主要是为了养猪，做粉条的所有剩余物（多过粉条几倍），包括煮粉条的汤，都是很好的猪饲料。所以老大最后的完成品，是挑着几担粉渣到对面的猪圈喂猪，后来我还在粉坊的墙上写过大标语，当然也是毛主席语录，这句语录一般人记不得，是县里蓄牧站的干部让我写的，是这样几个字：

"为革命大养其猪!"

我一个字写一天，老大天天蹲在阳光底下斜着眼看，却很能看出偏正。不时告我："偏啦，越写越高啦!"我便按他说的调整。一个礼拜，我下了梯子，退到远处看看：很好嘛! 横平竖直。老大说，就是"猪"字瘦了些。气得我直瞪眼。

这个字笔画多，我那时真没有把它摆弄到和其他字相协调的本事，别人都没说什么，偏是他话多。看看泼了我的兴头，老大挤了挤斜眼，笑着说，"那个字道道太多，怪字，不怪你。要是还有个语录，为革命大抓老鼠，那最后一个字，能顶革命两个字，亏得没这条语录。没有吧?"

老大自称没文化，但这一番评论还是很有道理，足能平我的气。

老大喂的猪确实很瘦，粉坊里的老鼠却很大，他熟视无睹，不以为然。那时期的我喜欢看烹饪书，村里空闲多，中午便照书炒菜。村里菜少，只有大量的土豆，我便天天炒土豆丝。刚在油里煸上葱花，老大就急急从粉坊跑过来帮我拉风箱，一边拉一边怨风箱做的卯窍不严，风小漏气。在这儿拉五下，顶在他家拉一下。不一刻，土豆丝出锅，旺火之下，我烹一点儿醋，撒些蒜末，立时香飘满院，老大撂下风箱，过来品尝。我问："手艺怎样?"老大边吃边说："关键是有调和! 村里人少盐没醋，就是有手艺，能炒出个啥味道?"我觉得他说得有理。

此后他经常来我这儿吃菜，赞赏调和，痛骂风箱。我说你帮我修一下吧，他站起来踢一脚风箱把儿，说："这东西还值得修？以后给你做一个。"

很快我们就融入村中，甚至成为中心，而老大依然坚守在边缘。

村里拨给我们一孔新窑洞。很大，但入住前出现了争论：窑里那盘炕怎么办？

这个村的居住习俗相当奇特，与川里不同，川里一户人家至少要有三孔窑，或五孔窑，没见过谁家只有一孔窑，而这个小村则家家只有一孔窑，贫穷还是富裕，只看窑的深浅或建窑的材料。

一般是土窑，顺山脚挖进去便是，有挖一丈的，有挖三丈的，甚至有的土窑还有不小的角度，走到底部能转弯儿，黑洞洞的，转弯处多是盛粮食的大瓮。味道令人窒息，联想到瓦斯。这些窑洞光线很暗，手头宽裕点的，最多在土墙上抹一层泥，为的是光滑，但没一家用白灰。高级的窑是用石头券的，里边挂不住泥，就原汁原味地裸着石头，石材中能敲光些的，整齐些的，朝着外墙，窑内则棱棱角角，参差嶙峋。无论哪种窑，炕的位置都占据了窑的大半。全家老小，无论几代都睡在同一大炕上。偶然来个亲戚、客人，不分男女，也在这炕上。

我们问，别扭吗？人家说，炕大，不妨碍。所有人家孩子的性教育就是在这大炕上自然完成的。

我们将要入住的窑，是村里唯一的砖窑，也是独独一孔，同样有占据了半窑的大炕。村人持两种意见，一种认为，反正你们睡不惯火炕，家里那么多床，这大炕干脆拆掉，能腾地方放你们的家什。另一种意见认为，炕绝拆不得，人得入乡随俗，不然会作卜病，目前睡不惯，以后会习惯。

正没主意，老大来了，私下跟我们说，两种意见都不对。炕必须拆，"不拆咋办？把柜子放到炕上？炕上再放上床？"他瞪着眼睛说。"可是，乡下生活不能没个火炕，不然，很多分下的粮你摊在哪儿往干里烤。所以，应该拆了大的，再盘个小的。"至于小炕多大，老大当场就划定了地方，就是个比单人床大些的炕。

我们认为老大的意见很全面，合于"两分法"，决定采纳。

不料次日，这个意见遭到大家的反对。尤其是知道这计策是老大所献，反对的就更厉害了，"歪人出的歪主意，驴球货老大反正天天是撂着睡，就他不嫌炕小，做那么小的炕，还不如睡在灶台上！睡醒了也烙熟了。"但无奈我们十分坚持。于是队里请来盘炕师傅，照这主意来做。盘炕师傅说，这倒好干，对他来说，把满窑都盘成炕才是重活儿，"往大做麻烦，往小做还不容易？这点点的个炕，也就抵小半个工。"他说。

小炕很快做好了，但一用，发现严重的"倒烟"，灶台上一点火，烟不顺烟道走，全都反灌回窑里，点几回皆如此，不能用，只好又叫了大家来，众人就再度骂老大，说，祖辈炕就是那个盘法，这是规矩，老大就是个不规矩的日能货，叫他来！

老大被叫了来，他取了些柴，点了灶，一拉风箱，果然立刻浓烟滚滚，紧着搭上火圈儿，烟还是从圈缝儿里往外渗，大家全跑出窑外，老大蹲在灶台熏得马眼长泪直流，他闭着眼敏捷地舀了瓢水，把灶里的火浇熄了，跑出来对大家说："你们都没见过火车！知道火车是咋拐弯？"我们村没通铁路，大家自是没见过火车，也不知道火车咋拐弯。老大伸出他的胳膊比画着说"火车拐弯要很大的角度，得有距离，不像赶牲口，推住屁股直接就拐。"他的意思是烟道弯度不对。盘炕师傅说"倒烟就说倒烟，跟火车有什么关系？我盘了大半辈子炕，还不如你懂烟道？"老大说："你盘过这么小的炕？"

盘炕师傅更火了："这点点炕是人想下的主意吗？没盘过，也没见过，还没听说过，你狗的能不够，你弄出一个我叫你师傅！"

老大不敢搭话了。收回了比画弧度的胳膊，慢慢蹲下开始装烟袋。我说：就你盘吧。他翻了一下眼，说："我也没干过。"

盘炕师傅坚称干不了。最后队长说，"老大你小子想的主意，你自己干吧，干成了记你两天的工，干不成多漏三天的粉！你个日捣货。"

老大费了两天的劲儿，小炕盘好了，而且绝不倒烟，取得了大胜。连一帮骂他的人都来称赞：狗日的老大就是个把式，不干归不干，干什么什么行！还鼓动去找盘炕师傅，让他来拜师傅，老大慌忙挡住："不结那个冤家，主要是他没见过火车！"

自搬进了新窑，我就不怎么去粉坊，也就极少见老大。冬闲时，那盘小炕成了客厅的座位，老的少的进窑就脱鞋上炕，歪斜在上边抽烟拉家常。这个走了那个来，唯独老大不来。人们说，老大这人不合群，就爱说他见过世面，谁也不待听他那个世面。

于是必有人说，闺女们可有爱听的。

老大的故事于是渐渐浮出水面。

1953年老大一个人来到这个村，虽然穿着破烂的黄皮——棉军服，可看上去像个叫花子。村里收留了他，但没多久，就有个村里的闺女住进了他家。这下惹翻了一村人，一个外乡人，才来不几天，就睡了本村姑娘，简直是反了天。而且这姑娘还是村里最漂亮的，更激怒村民的是，这姑娘比老大足小了十岁。所有人都堵到老大的破窑前，让他交出拐走的姑娘。叫嚷了半天，姑娘出来了，说她不是被拐走的，是自己愿意跟老大过，反倒把大家训走了。这姑娘跟老大过了几年，生了两个女孩，忽然不跟老大了，说老大嫌她生不下儿子，这倒也算了，让她受不了的是，老大在老家娶过媳妇。大家说，当初是你自己把我们撵出来的嘛！看我们去揍狗日的老大给你解气，不料那媳妇不让，说，他在家有媳妇一开始就告诉她了，"有就有，那是以前，现在既然我跟你过，我就是你老婆，可老大非说我是二，老家那个才是大。那我不成了旧社会的小老婆了？但老大说，他给不了老家那媳妇一分钱，啥也给不了，还不给人家个名分？"村里人听了反觉得老大这话也有理。除了去骚扰他家几次，慢慢也就罢了。

让大家死活想不到的是，没过两年，又有个年轻漂亮的本地闺女住到老大家去了，而且心甘情愿，又给老大生了两个女孩。完全是上次事件的翻版，只是这次这闺女比上次那个还年轻，完全可以做老大的女儿，而且更顽固，说，"我不管什么名分，就是情愿！"从此闷在老大窑里很少出来。一晃五六年了，至今如此。

这次事件出了以后，大家不再说老大拐人家女孩了，因为明摆的是女孩自己送上门去的。村里一个老人说，老大必有法术，专迷小姑娘。加上老大斜视，村里大人都告诉自家姑娘，千万不要看老大那双斜眼，随着老大渐渐被妖魔化，老大全家也不与村人打交道，虽然老大会石匠、木工、瓦匠，但谁家也不敢雇请他上门，老大就只能去漏粉。直到当时，还有人不让自家闺女吃老大漏的粉条。说吃了他漏的粉会不知不觉怀上他的娃。之后会不知不觉想老大这个人。

初听这些传说，连我都害怕起老大斜眼看人的样子，觉得确实有些勾魂摄魄。由于老大自从做好了炕，就没再上门，我确实有些想他。

去粉坊找他，只有个叫文祥的小徒弟坐着，也不漏粉，说是老大病了。我问老大家在哪儿，我去看看。文祥说："就在村口，你可不敢去，他家的门谁也不敢进。"我问："有狗？"文祥说："不止狗，还有圪针，门里有弓箭，院里有陷阱。窑里有暗道。"我大感奇怪："他是自家玩打仗吗？"文祥说："队长找过他，让他卸了机关，小心伤人，他说是防贼，说他住村口，不比村里，更得严防。"文祥说完又叹了一句："他家有啥可偷？是他脑子里有病。"

一连三天，我守在井台附近，愣没见他来担过水。第四天天擦黑，远远看见老大挑着空桶过来了。晃晃悠悠，像条鬼影。看到这久不见的家伙，我几乎相信老大有"法术"了。他能让我都想他，别说乡下闺女了。

只见他额头上满是拔火罐的黑印，我问："听说你病了？"

"这里边出毛病了。"他指指脑袋。

"去看过吗？"

"唉！看甚？就是看了，也吃不起药，自己料理吧。"他有气无力地把水桶系于井绳。我赶紧过去说："我帮你搅。"他坐在井边的石头上掏出烟袋。我放下井绳，搅起来总是半桶，甚至少半桶，气得我把桶里的水复又倒入井里重新来过。老大于是告诉我，桶到水面时，要把绳悠起来，左一下，右一下，之后猛一下让桶栽载下去，才吃得上满桶。干这营生时，我问：

"听说你家不能进？"

老大把烟锅倒磕了说：

"我估计你迟早总要听说我的故事。外路人在这里不好待呀！"

"有人偷你家东西？"我问。

"不是偷，是明抢。不是抢东西，我家有个啥？是抢人。"

"真的？"

"抢我女人，抢我孩子，幸亏我当过侦察兵，布下些机关，让他们尝了些苦头，这些乡下人，吓唬一两次就不敢来了，咱不真伤他，可是你不能不防。能战方能言和，是毛主席说过吧？"老大居然拽了句文。

"谁抢？你不会去告？"

"我女人家爹，我能告吗？再说，到哪里告？公社？治保主任就是我大舅哥。"

"那不都是亲戚？又不是永久的冤家。"

"亲戚？我当人家亲戚，人家当我是骗子，说不拢。"老大无奈地摇头。

两桶水满了，老大晃悠着挑起担子。我抢过来担上，说："我送你回吧。"

老大一摇一晃往村口走，我便小心地跟着他。

"不容易呀！要不是真把这些亲戚治一下，你永远不得安生。自让我岳父跌了回陷坑，让狗日的治保主任挨了一箭，现在没人敢上我门上捣乱了。就是可怜了孩子们，谁也不和她们要，她们也一步不敢出门子。"

说着话，到了老大家的岔口，一条通往一堵黑土梁的小道，都看得见他家窑里忽明忽灭的光影了。老大说："你回吧。"我还想聊下去，说："给你担进去吧？"

老大伸手从我肩上卸下担子，说："不用，我那家进不去。"

"我又不抢，我也是外来户，还防我？"我说。

老大斜眼眯眯地看着我，说："谁也不能去。"

他的神秘又让我感到他的"法术"。一怔，我回过神来：

"老大你不要总是神神鬼鬼，一个家嘛，弄得这么古怪，难怪别人说你有法术。"

老大本已挑着担子走上了小道，听我这句话站住了，一换肩回过头，看了我一会儿，点点头说："好，你来吧，我有言在先，我一家子女人，大的小的都没裤子穿。"之后挑着担子走了。

我当然赶紧止步。

此后见到老大，就平平常常打个招呼。但我总觉得和他关系不凡。

所幸我没有成为"老大第二"，两年后，接到返城通知。县里派卡车来拉我们。反正要走了，所以真有些恋恋不舍，全村人都来相送，从始至终，就是没见老大。

车开到村口，路过老大家那条小径，忽然看到，一排危卵般垒起的石墙后，生着一丛橘黄灿烂的沙棘，边缘镶一串紫色的牵牛花，后边探出四个女孩的脸，她们美丽到让人惊愕。隔着老远，我能看到她们的大眼睛，白白的皮肤。除非外来户，本地绝没有这样长相的姑娘，她们完全是乡土中的另类。我向她们挥挥手，她们像受到惊吓的麻雀，一下不见了。

我吃惊之余，也很落寞，将近两年，我竟没再到过老大家门口，尽管他家离我住的砖窑不超过五十米。

2009年10月26日

往　事

一

姐姐的东家在她想象中，是个善良和气的中年人，而且长得帅。所有这些印象，都是通过姐姐骂女主人得来的。

姐姐说她不开窍，可老师说她还算聪明，初三那年，爸爸得了病，花了一大笔钱，而且以后还得花下去，实在上不起了。老师遗憾得像丢了魂，来找家长，说李小梅同学底子好，不上下去太可惜。爸爸对来劝学的老师说，这么想让她上，能给她免了费？这硬道理甩下，老师酒醒一般猛砸了一下爸爸的枕头，夺门而出，再不来了。

她们村开了矿，不是煤窑，是大矿。她总听说，她们县是资源大县。大家知道资源是煤。后来前岭上的庙成了旅游点，轰轰烈烈加花花绿绿，说庙也是资源，归旅游资源。

她有点懂了，啥叫资源。资源是能生发的东西，能从一块酵子，发起一块大团面的东西。母鸡也是，鸡生蛋，蛋生鸡。就是资源。

"我家有啥资源呢？"

爸爸是资源，可突然不是了，和干部们说煤矿开采一样，资源也有用尽的时候，他老人家突然就没资源了。如同关了电闸，前后不到一秒。坐着吃晚饭，一下就歪倒下去了。得这病的人很多，都知道叫脑血栓。乡下好些人家给这病起了个名，叫"倒客"，这病作为"客"，特点是，不打招呼就来，来了就贵贱不走。爸爸过去是村干部，去省里开过会，认识县长，还出过国，很风光。一倒下，送到医院，还没见着大夫，就被挂号窗口的人呵斥得一点风光都没了。爸爸不疼不痒，就是半边不能动，住院五十天，与其说是治病，不如说他在考虑。躺着琢磨：以后可咋办？

她天天陪床，倒也不怕。知道这病要不了爸爸的命。不像姐姐，总在悄悄地哭。出院前一天，她听爸爸说，最没法琢磨的就是以后。用那只好手使劲拍了一下床，说：以后也不是琢磨出来的！

想通了这一层，第二天就出院了。爸爸还是歪倒下去的那样。五十天花了几万块，看上去和没治过一样：横着进去，横着出来。矿上的救护车接，呜哇呜哇，好像家里倒是医院。

矿上派来接爸爸的张主任说，李村长才四十几就病倒了，真可惜！以后矿上发达了，要把狗日的"倒客"防住，凡咱村老小，上四十五岁，每年输水两次，药费村里办，矿上免费派人给输液，大夫说过，输上就防住了。

从那以后，入秋和开春两季，是"倒客"袭击的时节，全村老人多挂着输液瓶，矿上的小护士跑这家跑那家，给人扎静脉。这边扎上，那边又叫"快来！这边不滴了！"

小护士想叫小梅学扎静脉。她跟着去了几次，小护士说她太愣，不如小香，就不叫她去了。

爸爸是重点，可他不扎，说"倒客"已经进门，扎也迟了。

小护士说，输液的作用是没病预防，有病治疗，得了防复发。

爸爸说，让我想想。

再天，小护士提着瓶子来，爸爸说，不输。没病要输，得了还输，出院了不输都不行，道理被这药占尽了。好歹都得是它，它成了命？谁想的主意，倒是个好项目，这药厂挣的是神仙钱，还没法验证。这样的钱谁敢不花？简直是绑架嘛！我已经倒了，住院五十天一直输液，加起来得有两大澡盆了，照样不是躺着？罢了，不输，就拿我验一下，"倒客"不是来了？让它在着吧！犯了，大不了还是这样，再犯，我医院也不去，听天由命。

小护士的领导来了，爸爸还是这话。领导说，李村长就是有水平，油盐不进。看起来，知识是就是资源，有知识就不轻信。

爸爸说，我没看过几本书，从小尽顾"受"了，没机会，现在有了，才知道连字没认够。

爸爸被叫成李村长，其实是人们把公社时的队长和现在的村长搞混了。老人们还把乡政府叫公社，把村委会叫大队。说明两个时代还茬乎着，没完全分离。要彻底分离，大概要到李小梅这么大的孩子长大才行。

李村长就李村长吧，爸爸对她说，能给大家办事，叫什么不要紧。和你李小梅一样，在家叫个"二"，不照样还是你这个人吗？不照样是那个嘴上不会说，心里有主意的孩儿吗？

之后，爸爸被叫成李厂长，在村里建了三个厂子，其中一个还吸引来新加坡外资。那几年爸爸走到哪儿，身后都跟一串人，没他指挥，谁也不知道该干什么。报上登出爸爸，被称为乡镇企业家，可就在这时，爸爸在家对"二"说，"越干越知道十不成，出去听听人家真干企业的，哪儿那么容易？管理是专门的学问，产值、利润、成本、董事会、监事会，一大套，和整个社会连着呢！可不光是个技术难关。以我这社员出身，也就是给你们打个底子罢了，'二'，努力考上大学，专攻企业管理。"

直到"倒客"把他一下击倒，他才承认彻底失败。他个人及其家庭，就败在这场病上，再也翻不起来了。希望、收获，都随灾病而去。

病后不久，他却发现，他的大脑结构发生了某种变化，感情丰富了。他过去一直是个没什么感情的汉子，喜欢算账，越算越冷静。生病后，一点儿也不爱算了，更容易被感动。他觉得，按照算的理论，他废了，应该被扔到垃圾堆，随便被什么动物吃掉，消失了最合理。现在，他却常常莫名地流泪，甚至看见两个女儿说笑，也感动得说不出话。用以前的理，真有点儿想不通。

他那么会算，万没算到自己病倒，还是这么个病，原本好好的身体竟然半扇不能用了。也因为爱算，他知道奇数和偶数，现在不算了，却体会到，人这动物，说成啥也得是偶数，得对称。就说瘫吧，一侧瘫还不如上下瘫，好歹有两条胳膊或两条腿。没腿，两只胳膊还能摇轮椅，只剩下半扇，一只胳膊只能让轮椅原地转。奇数仿佛是专与人做对的魔鬼。生病后，他把算术的概念也情感化了，日益喜欢偶数。这两个孩子，怎么看都觉得"二"

更舒顺，更合卯合窍，虽然她表面的样子，可能完全相反。

二

姐姐离家那年十六岁，到太原当保姆。

原说的是"二"去，姐姐在县三中上美术班，老师说她有天分，再学两年可以参加艺考，画家是个能挣钱的职业。"二"比姐姐小一岁，却退了学，反正没干的。可爸爸说，"二"太愣，还是老大去吧。当保姆伺候人，是服务工作，得是细致人。"二"在家伺候我，愣点儿没关系，到外面可不行。老大当画家？听他们胡说。要说能当个理发的，我到有点儿信。先去当保姆吧，真要是画画的料，也不在一时。齐白石，干了半辈子木匠，后半辈子才成大画家。

姐姐一走，"二"升成了"一"，但"一"不能被当名字叫。

村里管第二个孩子都叫"二"，有大名也不叫。隔壁另一个"二"，到了矿上给护士当了助手，人家才叫她小香。而她的名字，自从离开学校就不再叫李小梅，而还原为"二"。

爸爸倒下后，妈妈就弯了。心情不好，担子又重，弯得很明显，个子窝回去一头。"二"升成"一"后，非常努力。妈还是说她"办不成事，自小没学会！"

"二"越火就越不会办事，出去买个东西，卖货的都嫌她火大。

姐姐过年时会回来几天，给她讲当保姆的事。很委屈。"不是伺候他家人，他家人都好说，实际伺候的只一个，就是那个坏女人！"姐姐说的坏女人"二"见过，她原是来村里接"二"的，结果临时换成了"一"。

"二"倒觉得那女人很和气，她跟"二"说，我家的活儿很轻松，就三口人，我老公，我自己，你看，我好好的，哪用伺候？还有个儿子，和你差不多大，成天在学校。

听说换成了姐姐，那女人有些不高兴，还跟"二"说：我觉得你好。

"二"说：我姐姐比我强多了，啥也会。

那女人说，你姐姐比你精，漂亮得能演貂蝉，我家现放着个活吕布。

"二"不高兴，这意思是我丑？我笨？

爸爸虽然倒下了，仍然是一家之主，坚持换成姐姐，对那女人说，我自己跟前留个不大会办事的吧。

那女人反正也找不下别人，把姐姐带走了。

爸爸说，你姐姐去合适，一是干活儿利索，二是她能顾上自己。你就再守着家几年吧。其实，爸爸是舍不得放走了"二"，他感觉有话要对"二"说。

三

在伺候爸爸的两年中，她日益知道，爸爸是个什么样的人。他不出门了，就天天在家给她讲道理。

爸爸告诉她：哄谁也不能哄孩子。你姐姐爱存个希望，迟早得破灭。既然年轻，让她多存一段也罢。爸爸跟你说真话。"二"

呢？是个实心眼，哪怕当头挨一棒，也还是先挨了好。免得日后失望，被人算计。爸爸每天讲一点，随时随地，从哪儿都能说起。

"二"每天早上把一张行军床搬到院里，支好，再把爸爸扶出来，一共三个台阶，只有"二"扶着，才能稳当地下来，其他任何人扶，爸爸的手都会抖个不停。爸爸跟人解释，不是我怕，是这只手怕，它独立了，根本不听我的。"二"扶他靠在行军床上，再沏杯茶，爸爸就开讲了，讲累了就把那床放倒了平躺一阵。

"二"忘记从哪儿开始这场谈话的，谈话持续了一年，他几乎把他四十来年的故事都讲了一遍。一再说，哄谁也不能哄自家孩子！

"二"听得有些灰心。

爸爸说，凡得了他这病，被"倒客"摁在床上，再也起不来的，都不会说假话，也不敢动感情，因为没用，总躺着就想事，这个病唯一的好处，就是逼你想事，而且左思右想，连自己也不知道是病糊涂了，还是病明白了。想来想去，觉得应该给她讲出来，实事求是嘛。孩子迟早要面对现实，明明白白对谁都好。

四

姐姐待了一年，把那女人叫成坏女人。

"二"问，不是不用伺候她和她孩儿，只伺候她老公一个人吗？

姐姐说，胡说。我谁都伺候，就是伺候不上她老公。

为啥？"二"问。

她不让。姐姐很来气，不是不让伺候，不让伺候还不好？是看都不许看，话也不准说，不说不看，在一个屋都不行，吃饭得错开时间。好像她老公是流氓，要不就是防我是流氓。

"二"虽然笨，但姐姐说到这儿，也大体知道女人吃醋的可怕。她觉得姐姐处境太难了，也私下觉得这种局面实属必然。姐姐虽然不算漂亮，但走到哪儿都是一朵花，她的眼神，她说话的声音和方法，走路、坐姿，样样行为都和别人不同，她浑身上下放射着一股诱人的味道。"二"觉得，这不是个漂亮不漂亮的问题，而是风流不风流的问题。风流是天生的，"二"就不风流，姐姐教她许多说话办事的法子，她倒是学，学下的和装的一样，一看就是假眉三道，不如不学，即使不会办事，毕竟能保住真相。

比如到矿医院给爸爸取药，"二"排了一个半钟头的队，姐姐在窗口跟一个"大哥"（真叫得出口！）套几句热络话，就插在"哥"前头了！"二"觉得不但丢脸，还为违反秩序而恼火。当然，要不是姐姐那点儿神通，她们就还得在味道难闻的大厅再等半个钟头，肯定就误了公交车，到家也就赶不上做饭。"弯"妈还得辛苦做饭。她做的饭不难吃，却难咽。妈自从弯了，就特别爱数落。

大家都夸姐姐画画好，多半是巴结，在"二"看来，姐姐其实该去学演戏，她一个眼神能把人勾得灵魂出窍，还特别会哭，眼眶浅得和没边一样，泪一流就是一串。爸爸遇了"倒客"，她深深盛着满眼窝泪，鼻头微红，嘴唇湿乎乎的，找哪个大夫，哪个大夫都不拒绝。"二"一辈子也不会告诉人：正因为姐姐流泪，她连一滴都不流。反而怒气冲冲，一派不孝女的样子。

跟姐姐一比，"二"就是个呆子。双目无神，不说不笑，让干啥才干啥，没有主动精神。可"二"比姐姐明白，姐姐的许多行为，其实很笨，尤其是恋爱。姐姐的那个男朋友，根本就是她自己想出来的，那男孩并不在乎她，应付着她而另慕着别人。她还陷在里边，给人家画像，给人家泡方便面，用那种眼睛看人家，几乎所有同学都知道，就她一人不明白。"二"觉得姐姐可怜，就跟姐姐说了，姐姐把"二"大骂一顿，连续几天躺在床上，病病恹恹，吓得爸爸，以为"倒客"要发作在姐姐身上了。

"二"比姐姐小一岁，但发育得比姐姐壮，个子比姐姐高半头，姐姐从女孩变成女人，一直受妈的严束，恨不得把她捆成个粽子。自从妈弯了，就顾不得管"二"，"二"该怎么长怎么长，自己觉得长得太过了，就穿爸爸的衣服，正好把她全裹住，她肩宽，身架大，反正在家干活儿，穿这么一身，正好！

"二"自小就挨姐姐的骂，骂她不会穿，不懂好看，不干净，不会人前说话（当然也不会办事），"二"在服气与不服气间明白了，姐姐到哪儿注定都有麻烦。上学的麻烦她亲眼见了，这次出去打工，她也恍然预见到会闹点不痛快。所以，说起吃醋的女主人，"二"不觉得意外。可是怎么办呢？"二"想不出办法。觉得姐姐确实委屈，当初还不如她去，她不会来事，不会穿，不打扮，不机灵，简直就是个假小子。再吃醋的女主人也不会吃她的醋，她根本就不酸，压根没醋。她悄悄跟姐姐说，要不咱俩换换？但姐姐的"笨"又上来了。

"可那叔叔实在是个好人。"

"二"问："好不好关你什么事？"

"叔叔私下告我，他会找机会把我弄到他单位去。叔叔当着主编，说只要培训一下，我能当上美编。"

"二"一下明白了！姐姐就愿意在幻想和空头支票里活着，而且又和叔叔有了个"私下"，"二"不信有这机会！

五

过完清明，姐姐突然打电话说要回来，让她担心了几天。莫非出麻烦了？再接到电话，姐姐说已经走在路上了，再有一刻钟就到家。说明电话是手机打的。姐姐挣下手机了？

更料不到的是，姐姐是坐专车回来的。"二"正陪爸爸在院里晒太阳，远远看见一辆卧车开来，还真就停在院门口，姐姐满面春风走下来，车门另一边，那"坏女人"也下来了，看表情两人和和气气，绕过车来到门口，竟亲亲热热拉起手来，倒让"二"觉得奇怪。

"叔，好点没？"那女人放下些红盒子礼品。

"挺好。不再坏就是好。"爸爸说。

"叔呀！你看看闺女，这水灵灵的，是不是更漂亮了？"

"是。"爸爸承认。

"二"第一眼就看见姐姐穿的变了，还化了妆，描了眉，画了唇，皮上衣短得刚挡住背，牛仔短裤挂在胯上，紧包着屁股，裤子和上衣之间露出一截肉，刚露到瓢葫芦般弯下去的腰上。不像回家的闺女，倒像是来旅游的。

"莫非她们把姐姐卖到妖精窝了？要不就是收了当二奶？" "二"愣愣地想。不过看那口气也不像开除呀！

"叔，让这么精干的闺女伺候你，怎么样？"鬼女人问。

"你家不用人了？"爸爸欠了欠身。

"我们小门户用不起了，可咱们两家有缘，我来给她姐妹俩换换，送回姐姐，再带走妹妹，去挣更多的钱，见更大世面，可以吧？"

"二"的脸腾地一下就红了！

多年后，她已经成为另一个人后，她都记得这次脸红。许多年前，她还是个孩子，看着天上的星星，就预料到日后总会有这样一回脸红。

但她没想到这强烈的脸红这时候来，而且由这女人不讲道理地带来。"二"感觉被严重伤害了。这个女人虽然问爸爸"可以吧？"但口吻不带商量。凭什么？ "二"使劲掀起门帘进屋去了，门帘被她扔了半个门高，明确是强烈抗议。

那女人说："李村长，你家有这两个千金，福气呀！"

爸爸就着还没稳下来的门帘说："福气不敢当，脾气倒让你看见了。"

"二"还在门里站着，姐姐进来了。从车上搬东西。"二"觉得姐姐是个生人，直到姐姐悄悄开口说话：

"'二'，你发什么火？事情还没弄清就火，倒显得你上赶着想跟人家走。"

"二"声音很大，"有我什么事？"

"你不是听到了吗？人家要你去，给你找了个好出路。"

"有好路为什么你不走？""二"还是怒气冲冲。

"先别气，我只告诉你，要送你到北京。"

"二"愣怔了一下，没有答话。

爸爸被姐姐和那女人搀进来了，走得哆里哆嗦，"二"赶紧过去扶住，"二"一沾爸爸，爸爸就不哆嗦了。稳稳当当上了床。

"'二'，爸爸听懂了，好事！要送你进京呀。爸爸去过一次北京，你去！哪怕就是看看也不亏哟！"

"二"嗓子一堵，眼泪一下就流出来了。不知道哪个字把她刺住了。她也很意外。想说句话，嘴也张不开，终于哭出声来了。

"不是去看看，工资可是你姐的三倍不止。"那女人说。

"不去！""二"哭得发了飙。喘不上气了。爸爸拽她袖子，她也一甩，刚甩完，又赶紧扶住爸爸。

"这'二'，"爸爸对女人说，"憋堵住了，自小也不哭，一会儿不堵了，再说吧……"爸爸说到后头也哽咽了。

"二"吓坏了。爸爸哭，天地覆！还是自己惹的。她更憋不住了，干脆跑到院里专门哭去了。

幸好，爸爸立刻忍住了，被她们那两个带电的扶出来，哆哆嗦嗦却十分冷静地说"'二'，好事呀，可别耍脾气。""二"立刻扶住爸爸，爸爸马上就不哆嗦了。"晚上给姨吃点儿啥？人家送咱这么些东西。炒拨烂子怎么样？这时节菜多，炒出来香。"

"二"的哭像被爸爸踩了急刹车。袖子一抹泪，说："我去把面和上。"和面的时候，听见爸爸和那女人说说笑笑，"二"才慢慢平缓下来。直到把面和成面团，擀了，细细切了，才醒悟到原本应该做拨烂子。

"坏啦！"她冲院里的人喊，"切成面条了，咋办？"

爸爸说："这孩子把人惊的，脑筋就这样，好呀，打个卤，炒菜……"

"不是吃拨烂子吗？""二"问。

爸爸一下大笑起来："咳！这不是更精致？到把你紧张的，好像犯下塌天大错。行吧？她姨，'二'做的面条最好吃了。"

"二"很难为情，却笑了。

那女人说，"我这有口福，早想这一口呢！"

"我家这个'二'，常这样，颠三倒四，反倒把事办对了。"爸爸打着圆场。

"我就看着这孩子笃实。"临进厨房，"二"听见那女人开始夸她。从那时，一直到当天晚上。

"二"什么情况都不问，知道晚上睡觉姐姐会兜底告诉她。

姐妹俩自上初中，就有了一个共同的屋子，爸爸好歹是干部，知道女孩子大了得有自己的天地，就把西屋收拾出来，给她俩住。西屋原是放杂物的，杂物越来越少，腾出来很容易。比如柴不烧了，后来煤也不用了，再后来，连粮也不存了，无非把几口空瓮和盆盆罐罐挪出来放院里，打扫干净，刷了白灰，房子立刻就有样子了。爸爸常常出门在外，也不盘炕，给两姐妹一人做了一张床，中间摆了桌子，弄得和学生宿舍差不多。姐姐走后，

"二"独自住。姐姐的床就成了堆放杂物的地方。多出来的铺盖，箱子，舍不得扔的盒子、瓶子，都整整齐齐码在那张床上。

"二"要给姐姐腾床，姐姐说，不够麻烦的，只睡一晚，咱俩就挤挤吧。"二"也就住手了。倒了盆水洗脚。

姐姐松开头发，"二"被姐姐熏得稀里糊涂。香水？又不香。发胶？又不沾。不知道，也不问。

姐姐倒了水，洗了盆，烧一壶新水，刺啦一声拉开拉锁，把那件连腰都挡不住的上衣扔到床上。

姐姐上上下下洗了一遍，在抹油，擦脸、擦手、擦脖子、擦胸脯、还擦腿……边抹边说："二"，你不要别扭。我那个叔叔真是个大好人。

"那你还说他老婆是坏女人。"

"就是。好汉没好妻。真叫千真万确。上个月我叔叔到北京，认下个高人，帮了我叔叔大忙，我叔叔服得五体投地。帮那么大忙，一分钱也不要。叔叔看到这高人独自住着，午饭就煮方便面，心下一动，说给你找个帮手吧，那高人虽然高兴，却说，我自然想有个帮手，但请过几位都待不住，嫌清冷无聊，要能帮我这个忙，先要给人家说清楚。"

"他家没儿女吗？""二"问，"北京那么大地方，怎么会清冷呢？"

姐姐说："我也是这一问。我叔叔说，高人有一儿一女，都在国外，老婆早过世了。就他单身一人。至于清冷，你就不知道了，虽然是北京，他却住在郊区，离城很远。我问过叔叔，叔叔说，北京大得没边，这高人城里有房却不爱住，选了个远地方住，喜欢清静。"

"叔叔不大想让我去，不是还有当美编那事吗？就问我：你不是有个妹妹吗？到那儿去可是大福气呀！这样，你家两个闺女挣钱，家里日子就好多了，而且北京工资高得多，高人家里就他一个，不过就是给他做饭收拾房子，说起房子，不能不告诉你，他家房子大，收拾起来比一般人家麻烦几倍。"

"二"说，"别说这些，我不去。"

"知道你是个倔巴头，你不去就这么耗着？过几年嫁个认也认不得的汉子？你不出去怎么知道外边是什么滋味？这可是关系一辈子的事！除非你愿意像咱村里那些老太太，像咱妈那样，可现在是什么时代了？那花花世界不看看心里就不痒？你一辈子就不后悔？外面有无数可能，可家里只有一个，你这么年轻，宁碰了也别误了。我认真告你，这次机会八辈子也不一定遇一回，去不去你认真考虑。"

闹了两天，二坚持不去，说撇不下爸。爸说你和你姐姐都放心走吧，已经跟小香说了，她过来帮忙，不要担心。"二"最知道爸，他想学着跟偏瘫共处。偏着走，偏着穿衣。他老说，用进废退，老伺候得周周到到，那不就废了？如果八十岁，废就废了吧，才五十多，不能废！早先，爸爸和"二"约定，必须学会自己上厕所，过了这关，就没啥了。一年前他俩就找出法子了，买了个架子，和城里人家的马桶一样，旁边放上把椅子，爸爸用那条好胳膊支撑，成功的那天，两人一起庆祝，高兴得都哭了。

"你得赚钱呀！"爸说，他知道，只有这句话才顶事。

"二"答应去试试，亲自培训了小香一天，一培训众人才知道，这里边学问大了。

第三天，"二"坐上卧车，跟姐姐们到了太原。叔叔给北京的高人打了电话，说人找下了，明天就去。高人很高兴，说让那孩子系条红围巾为号，他找人去西客站接。

六

从太原出发，"二"就不叫"二"了，又恢复成李小梅。她原本说，没人接也行，结果到了北京西客站才发现，接都不行，一下车就像跌进海里，什么也看不见、听不见。长这么大，第一次感到紧张。跟着人群走出站，万一找不见接的人，回头找火车也找不见！

人真的能丢！

"二"——小梅想。她呆呆地左看右看，跟她坐同一趟车的都走光了，这才觉得孤零零，那些同车的都好似亲戚，瞬间就一个也看不见了，让她怅然若失。

一个小伙子过来，问，太原来的？

"是。"

"李小梅？"

她毫无表情地点头，其实内心挺兴奋，总算找到接她的了。那人不高兴地问："不是说系红围巾吗？"她想说，忘了。可啥也没说。其实是她不想系，凭什么让我做记号？我又不是个货！

那小伙子说，跟我走，还要帮她提包。她一闪，说："不用！"凶巴巴的。

小伙便分开人群，带她来在一辆卧车旁边，她坐进后边，小伙子开动了车。走呀，走呀！她觉得不对，是不是错了？遇上骗子了？现在才相信电视上的事了，原先，她怎么也不能理解，大活人怎么能被卖掉？现在觉得，如果这个开车的后生想卖她，她真是一点办法也没有。

有一度，她认定自己已经完蛋了。刚上车多了个心眼儿，看见车是往太阳偏西方向走，拐了几个弯，反了，这车到底要往哪儿走？幸好过一会儿又向西了，刚刚放了点心，又往东了。这不是迷魂阵吗？她厉声问，"你要往哪开？"

小伙子说，华先生家呀。

小梅光记住高人了，高人看来不是个名儿。

车走走停停，往外看，全是和他们一样走走停停的车，她看了会儿车门，趁着红灯停车，掰了一下。小伙子说：姑娘，千万别碰门！她想，你不让？我偏碰，再不逃就没机会了。手刚伸过去，小伙子"啪"地一下，把四个门全锁了。她傻了。等着被卖吧！

心里对姐姐那个恨呀！只能独自咬牙切齿。车从中午走到天快黑，还没到。不过不太堵了。小伙子不时接到电话，问走到哪儿了。直到天黑，车开进个大门，停在一座小楼前。小梅的腿已经伸不展了。小伙子说：到了，下车。

小梅提着小包，警惕地下来，小伙子带她进了楼，没灯，堆的全是破烂，"小心脚下！"小伙子提示。话音未落，小梅就碰翻了个大物件。小伙子赶紧说，你站着，别动。自己到墙边开了一扇门，这才亮了，小伙子说，进来吧！这是车库门。没人收拾，太乱了。

从车库进入楼梯拐角，拐了个弯，是间大大的客厅。空空的，没人。小伙子打开一扇门说："这是你的屋子，放好东西，马上我带你去见华先生。"

小梅进了房子，很大，有软床、有沙发、有衣柜。还没看明白，就听楼上的声音：小李来了？小伙子说是，这就上去。

上了二楼，见到华先生，小梅才看见"高人"，不过是个坐在轮椅上的小老头。华先生说，太原那边已经打了几次电话，着急了。赶紧回个电话，给他们报个平安。他指了指沙发，让小梅坐下。拨通太原电话，连说到了到了。那边的姐姐要跟妹妹说话，便把电话给了小梅。小梅一听姐姐的声音就火了，用家乡话说："我要是死了，就是你害的！"说完就挂了。

华先生很奇怪，"就这一句？"小梅点点头。小伙子是华先生的学生，姓田，送下小梅就赶紧回去了。华先生对小梅说，今天累了，下楼休息吧，我这儿什么也不用管。快去吧！早休息。

小梅连惊带怕加上累，一觉睡到大天明，在床上翻滚了几下，才闹明白是在哪儿。慌得赶紧起来，上楼去，上到一半，就听见华先生说，小李吧？干吗不多睡会儿？她上去就问：爷爷，早上吃什么？

华先生说："我吃过了，你自己到厨房胡乱弄点什么吃吧。今天才开始，凑合一下，明天起，咱们再改善，好不好？"接着，先生让她帮忙把垃圾筒拿下去，又特别说，"等找到垃圾箱再去倒，先吃饭，冰箱里有，我昨天让小田买了不少，你自己找。"

小梅又下去，厨房里乱七八糟，到处是瓶瓶罐罐，冰箱里满得快撑出来了。想找个馍或饼子，没有，只好吃了两片面包。又上了楼。说，爷爷，我吃了两片面包。你说吧，今天我收拾房子？华先生说，没喝牛奶？小梅摇摇头说：不喝。

华先生于是说，一切都不着急，先适应。以后主要是收拾呀，打扫呀，保持呀，天儿再暖些，扶我下楼晒晒太阳。

"今天不把窗户擦了？"小梅跃跃欲试。

"啊，不擦。就是擦，也不是你的事。"

"那我现在干啥？"

"你可以去看电视呀！下边有电脑，应该没坏，你可以用，打打游戏，愿意干什么干什么。"

"我是说干活儿，你老人家雇个人总不是让她来耍吧？"

华先生乐了："还真想不出让你干什么。把那个茶叶筒拿来。"

小梅说，"我给你沏茶。"

"别，这事我得自己办，你不知道放多少？"

"中午吃点甚？"小梅心想，这老爷子！你告诉我放多少我不就知道了？

"中午？还不急。你会做什么就做什么，对，做你的家乡饭。"

小梅再下了楼，就不敢再上去了，这个老爷子有点一问三不知。于是她到院子里，有点花草，蔫头耷脑。她浇了，又去找到了垃圾箱，把房子里的垃圾都倒了，厨房也归置了一下，渐渐发现该干的活还真不少。忽然听见楼上华先生喊：小李！吓了她一跳，赶紧答应。老人说，你不闷吧？没听见你开电视。小梅觉得可笑，说不闷，

老人在上面说，会闷的。没办法，我实在没法陪你玩儿。你自己好好玩儿吧！

中午小梅给华先生做了西红柿面条，忐忑地送上去，华先生赞不绝口：连连说，好吃极了！好吃极了！山西面食就是好！

小梅刚下去，华先生就叫，小李，上来一起吃！

小梅说，我就在下边吃了。

华先生说，年轻人，来陪陪我嘛！

小梅觉得也是，就端着自己的碗上来，俩人面对面吃。

吃饭的时候，华先生分外能说。所以吃了几天饭，俩人熟悉了。

熟悉后，小梅才知道，华先生这位高人，比预想的还高，是个动画大师，她小时候看过的好几部动画片都是他画的。他得的病和小梅的爸爸名不同但结果差不多，八十多岁了，行动更难。她和姐姐一同看过老人的电影，姐姐一天到晚临摹的那个娃娃，就是华先生创造的。小梅以前从没想过，电影居然是真人弄出来的，而这个真人，眼下就在自己眼前。她想学好做饭的本领，给华先生好好做。华先生是南方人，但天天让她做山西饭，说爱

吃。好像糊弄小梅，做下啥也说好吃。有一天小梅晚上熬了米汤，放了红薯，心想，再让你说好吃。不料华先生还说好吃，还特意评价，不仅好吃，还有营养。这下把小梅的"二"脾气给逗出来了，她问："怎么啥都说好吃！连我都觉得不好吃！分明是糊弄我！"

华先生看着小梅生了气，赶紧解释："不是糊弄，我这么老了，有口饭吃就好。在这方面没特别的要求。"

小梅说，"你不是南方人吗？就不想吃南方饭？"

华先生笑了，给她讲，每个地方的风味其实都好，做自己拿手的就好。小梅说，"我做的菜，连我爸爸有时候都说难吃，人家说的是真话。你倒好，好吃好吃！一听就不是真心。"

华先生说，"家里有好几本菜谱，平时可以看，等我忙完这篇稿子，咱们一起做几个上海本帮菜。"

等到华先生教她做菜时，她才知道，华先生简直是做菜大师，不仅上海的，徽菜、鲁菜、川菜，包括山西、河南菜的知识都懂。不仅炒菜，连腌酸菜和泡菜都懂。

小梅抱怨：你不早告我！以后别老说好吃好吃了！早就知道是假话！

不出半年，小梅熟悉了环境，买菜和日常用品、交水电费找修理工，领稿费，全归她干。终有一日，华先生跟小梅说，谁让我生早了呢？只会一手交钱，一手交货，得了！我还有其他选择吗？这些银行卡、储蓄卡、所有卡，连同身份证，都交给你，你大权在握，该怎么办怎么办好了。接着，华先生掏出个笔记本，大声念给小梅所有的密码。小梅警惕地不时提醒，小声点儿，别被人听了去。从此，所有的事华先生都交给小梅了。

到了冬天，华先生连续在厕所摔了两跤，而且都没叫小梅，自己用一只胳膊一撑一撑爬出来才叫小梅。小梅大怒：幸亏没摔了骨头！为什么不叫我？我就那么不好用？以后上厕所前就叫我！听见没！

华先生像做错事的小孩，连连检讨。但他还是不叫，有一天坐在马桶上，小梅推门就进来了："好呀！你怕什么？不好意思？摔坏了重要？还是面子重要？"

华先生说："面子，面子重要。再摔就直接摔死算了。"小梅喊："你把这话收回去！像你这样的人怎么能死？怎么能摔？你听着，以后上厕所必须要叫我，不然我就辞职。"

华先生忙说："我叫，叫。"

这之后，华先生再没摔过。也渐渐习惯由小梅扶着如厕。

第三年春天，华先生大病一场，感冒引发了肺部感染，高烧持续数日，合并肺心病。小梅陪着他在医院住了一个多月，才慢慢好起来。中间还下过一次病危通知书。小梅按华先生的交代，拨通了华先生儿子的电话，把情况说明了。打过这个电话，华先生的病就开始掉头。

出院后没到郊区，先住进华先生在城里的房子，牡丹居11号楼。小梅在华先生床边安了张行军床，这才看到华先生每天根本盖不严实，你帮他盖严实，翻几下就露出大半个后背。小梅一夜得起来几次给他盖好。

如此几个月，华先生的儿女一齐回来了。小梅和华先生倒觉得不自在。老人但凡上厕所照例得叫小梅。那一双儿女都六十多了，嘴上都说小梅好，小梅也顾不上答话。

可算有一天，这双儿女说要回去了，但有些话要和爸爸说说明白。小梅便躲开了。后来听到华先生叫喊，赶紧跑来，立在一边看。那双儿女说，字画要平均分，包括他自己的和别人送的。房子按照继承顺位，大的那套给哥哥，城里这套小的给妹妹。看到小梅上来，那女儿说，小梅姑娘别担心，不会白用你，你可以从老爷子的字画里挑两幅。小梅说，我要字画干什么？那女儿说，你不会不知道吧，老爷子的字，市场价一平尺五万！小梅说：我不信，也不要。

那儿子说："我估计她就看不上，伺候到这种程度，姑娘图得大。"

华先生气得浑身哆嗦："你们不要胡说！伤害谁，也别伤害她！"

女儿乐了。"看见了吧？老爷子最心疼的就是她！"

华先生撑在轮椅上喊："滚！全滚开！"气都呼不上来了。

小梅赶紧过去扶好了华先生，对那一儿一女说："你们先出去吧！"

"为什么是我们，全滚开，难道不包括你？"

"不包括，我是保姆，不参与你家的事。"

"你和老爷子住一个屋，有这样的保姆吗？"

"你们再吵一声，我就死给你们看，随便你们怎么想好了，知道她和我住在一起，对她就更不得无礼！明白了？滚！"

这几年，小梅跟华先生去开过不少会，见过不少名人，那些人都知道华先生旁边总有个小梅，有一次到电视台，小梅把华先生安排坐好，工作人员要把小梅安排在观众席里，华先生说，"就让她坐我旁边，这才是真实的场景。其实，你们可以换个题目，对她做个专访。"电视台的说，"好主意，今天就这么办。叫：《大师身旁的人》。"之后交头接耳，研究了一下，又跟小梅商量，节目可能的走势，她应该回答的问题。小梅看过这类节目，知道该怎么办。结果她大放异彩，说了许多节目组和华先生意料不到的趣事，她自有她的角度。回来后看播出的节目，华先生说，你比我演得好！

姐姐也看到了这期节目，打电话来夸。最后归结为，还不是我给你找下这么个事儿！居然上了电视。加油！

小梅心想，光看见上电视了，被老爷子儿女欺负你可没看见。

华先生儿女走前，郑重其事把小梅请到一家豪华饭店，好言好语求小梅写个遗嘱。小梅很气，说老爷子还好好的，写什么遗嘱？华先生的儿子说，"不是老爷子的遗嘱，是你的。"小梅火气冲天，说"你才该写遗嘱呢！"

小华先生说，"对，确实是我写，你只要在上面签个字。"

小梅说，真没意思，不就是惦记老爷子的财产吗？我要说，已经被我毁了呢？就是把我卖了，也赔不出来，你们怎么办？活活气死？毁在我手上的画多了！烧了的，脏了的，当破烂扔了的，照你们算，按尺子量，不下好几百万，我碰翻过一个花瓶，粉粉碎，稀巴烂，老爷子告我这是钧瓷，"家有万贯，抵不上钧瓷一片"，没看见我在电视上说吗？老爷子讲给我听的时候，他自己笑成了什么样？

那一儿一女听呆了。

之后掏出他们拟好的遗嘱让小梅签字：

"作为华舜先生的保姆或遗孀，我自愿放弃华舜先生身故后的财产继承权。"

小梅签了字，对二人说，"你们就不怕我给你们另找个真后妈？"

小华先生说："先排除了你最重要。"

小梅说，"没事了？签了，我得赶紧走，老爷子午睡快醒了。"

华先生一家真是知己知彼，小梅觉得是胡闹的事，华先生竟然和他儿子一样，觉得是认真的事。

他对小梅说："我死前必须告诉你，就不管你的感受了。这里有一份我亲手写的遗嘱，我的身后所有都归你所有。房子和房子里的一切。"

小梅自己写遗嘱不害怕，因为知道是胡说八道。华先生一本正经这么说，让她非常着急："不是哪儿不舒服吧？"

华先生说哪儿都舒服。

"那说啥遗嘱？爷爷，你可得好好活着。"小梅有些哽咽。

"嗨！反正得趁我好好的，把这事说明白。我反复想了，你在这儿时间越长，我越知道，这辈子我就越离不开你，离开就寸步难行。一天也不能支持。这你知道。但你是个年轻姑娘，为我而耽误青春，极不公平。我怎么回报呢？只有这两处房产。实话说，这些东西抵不上你的付出，也就是说，你接受了这些，也仍然是个亏本买卖。但怎么办呢？"

小梅陷于"二愣头"，觉得华先生真心为难了。可她忽然想明白了，"你不是每月给我工资吗？"话一出口，她自己就觉得这话难听。最主要的是，她忽然意识到，她和华先生还真的远不止是个雇佣关系。这让她自己也有点吃惊，怎么以前就没意识到？看到华先生难过的样子，她赶紧说，"说这些太不好了，今天怎么这么不对劲？瞧，酸奶也忘拿了！"

华先生说："不喝了。今天干脆捅破这层窗户纸。你我之间必须要有份保证。我呢，确实离不开你。你在这儿我才安心，儿女回来都嫌烦。你在我身边，世界才算个世界。"

小梅心里发热，她突然觉得华先生像个孩子，又像个男人，当然，华先生是男人，可小梅以前觉得，老人不算男人。现在突然觉得，华先生算。因为他的话，让她自己意识到她自己在他面前是个女人。她一下温存起来。用手拍拍华先生的肩，轻声说，"老实说，就是让我离开你，我也不放心。"

华先生仰着脸看着小梅说："但是，这对你不公平。"

眼看着华先生有些激动，小梅担心他的血压又会升上来，赶紧说："窗户纸已经捅破了，什么也不要想。我哪儿也不去，就在你身边，和平时一样。"

当天晚上，小梅手机一响，她就有些预感，接起来听，是爸爸的声音，觉得要有问题了。平时爸爸从不自己打电话，都是弯妈打。爸爸直接打电话，准有要紧事。

"'二'！出了些事，得你回来办。"爸爸说完又补了一句，"电话是长途，具体事就不说了，你回来一趟，这事我们对付不了。就这。"之后电话就挂了。

小梅心烦到很晚，一夜没睡好。她到不猜家里出了什么事，而是想她怎么可以离开这里，她想象不出她走后，华先生怎么活。

第二天，她试探地问华先生，"将来我要走了，你老人家再找个比我强的。"

没想到华先生急了，问："你这是什么意思？这哪里是个强不强的问题？"

她没说话，继续做自己的事。华先生是有通感的人，看她一直不再说话，便问："一定是出了什么事，能告诉我吗？"

小梅说："确实好像出了点儿事。可我也不知道是什么事。"

华先生问："老家的事？打电话问。"

"不想打。他们叫我回去……一下。"

华先生听完就不说话了。到晚上才说，"也许你不知道的事，我到知道个大概。在老家，你这年龄不小了。就是在北京，也到时候了。你不用解释，我在你这么大，也是生活在青年人群里，是我太不现实。"

"要不，我回去看一下？不超过一个礼拜。我走前一定找个好的来替我。"

华先生连说，"那好那好，尽快找吧。"

小梅下午就到保姆中介公司去了。挑了半天，老的小的没一个看得上，只好空手而归。回来跟华先生说，华先生只嗯了一声。

　　晚上，给华先生洗脚时，小梅说："你生气了？"她轻轻摘下华先生的老花镜，"别假装看报。我也气。你以为我愿意走？"

　　华先生说，"早晚得走，也应该走。哪里是愿意不愿意的问题。"

　　小梅又接到姐姐的电话，催她回家。问具体原因，她不肯说。

　　又跑了三四家中介，终于相中一个江苏妇女，姓杜，带回家来，对华先生说，"给你找了个老乡，杜阿姨。"华先生坐在轮椅上怅然若失，只是点头。小梅开始介绍情况。之后天天陪杜阿姨干活儿。华先生终于说："你怎么还不走？"小梅说："还得再带带她，另外，还有些事办。"

　　晚上，小梅小心翼翼地关上卧室门，让华先生感到奇怪，他们原是从不关门的。小梅趴在床上，对华先生说，"明天我就走。昨天，我到学校，把那些卡交给小田了。还有一个账本，每笔收支他都会填。我回来会查账。那杜阿姨究竟是生人，看上去心还没定，卡不能给她管。明天晚上让她上来陪你。你可别客气，我已经跟她说好了。尤其是上厕所，我让她一定搀你进去搀你出来。我的老爷爷，你就别叹气了，我很快就回来。"说完，给华先生掖好被子，自己也躺了下来。

　　第二天起来，华先生还躺着，小梅觉得他应该说些什么，但老爷子愣是一句话没说，直到她下楼又做完了临走前的一切，拎着个小包上来，对华先生说："走了啊！"华先生仍然只是点点头，什么也没说。

小梅下楼到了小区门口，朝华先生家卫生间那扇小窄窗看，华先生家的对面也是楼，只有这个小窗能看到远点儿的地方。平时，小梅买菜回来，常看见华先生在这扇小窗上看她。可今天，她看了好几回，华先生一直没出现。她心里发酸，喉咙发紧，一下就哽咽起来。挥手拦出租时，还想，如果这辆车不停就不走了。偏偏这辆是空驶车，立刻就停在她身边。坐在车上，她还朝那扇小窗户望，一直到拐弯，华先生也没在那儿露上一面。

七

回到家才知道，出事的正是姐姐。姐姐头也不抬，怀里抱着个婴儿，正坐月子。小梅又变成了"二"，气呼呼地对爸爸说，"叫我回来就为伺候月子？孩儿家爹呢？"爸爸用严厉的眼神阻止"二"说下去。

原来，姐姐不只是生了个野孩子，还在太原欠了五万元的债，前一段债主上门闹，现在全家人都不敢开手机。"你不回来咋办？"爸爸说。

"我回来能跟人家打？"

这几年家里的生活全凭小梅寄来的钱，姐姐说要过体面而有尊严的生活，美编没当上，保姆也就不想干了，与一个南方人做服装生意，不久，南方人见姐姐怀了孩子，悄悄卷款跑了，租的店面钱，进货的借款，一概成了债务。

研究到第三天，爸爸对小梅说："'二'呀，你也二十五了，爸说得直，但这是硬道理，如果你北京的主家能给你寻个正经事，你就去，给咱奔个前途。如果就是当个保姆，我看你就回来吧！伺候那老人六年，也可以了。"小梅说，"去当保姆，还图人家给找正经事，这主意就不对。当保姆就不是正经事？不是正经事，我能上了电视？"

爸爸看小梅犯上了"二"脾气，便说，你好好想想，静下来通盘想一想。

过了两天，小梅说："我通盘想好了，钱的问题，我解决，不过得让他们等两个月，手头没那么多。至于正经事，我还是到北京继续干。"

爸爸火了，手也抖起来了，半边脸也发麻，用好手使劲搓。小梅一看就吓坏了，赶紧去给爸爸揉手揉脸，

爸爸说："二这孩子，话不直说就听不懂。还到北京？这个家留给我和你妈？我们能行？那个混蛋找来你管不管？你是留这东西做姐夫？还是把他撵走？我们老两口和你姐能办了这事？这可不只是钱的问题，是家里得有个主心骨！我再问你，你虚岁二十六啦，还嫁人不嫁？我再说直点儿，现如今寺村那个春生，身强力壮人又好，人家从初中就等着你，我们大人们都说好了，你嫁过去，单聘礼就把欠下的债全解决了，春生又能到这边照顾，一下就把咱这个家护住了。你看看，这不是一下子解开了好几个扣？先不要起火，起火甚事也办不了，回你屋好好想一想，看爹盘算得对不对。"

小梅把自己憋在房里，三天后才出来。迷迷瞪瞪的，她自己

觉得连睡了三天。前两天总以为是在华先生家，夜里担心披被子，总在固定时间伸手去摸。醒来睁眼，看一圈儿，才知道是在老家。白天弯妈把饭端进来搁桌上，也不叫醒她，她醒了看见了，吃过又睡。她好像什么也没考虑，三天后出门，就跟爸爸说：好吧！我不去北京了。

爸爸嘱咐：那你可得赶紧跟主家说一下。

小梅答应着，又回到房里躺下了。

八

她一闭眼就是那个叫牡丹居的小区。里里外外，从人到物，都好像在叫她。保安、物业、邻居，还有几些熟悉的狗，更别说华先生了。华先生周围的纸墨笔砚，好闻的咖啡，小座钟，乱七八糟，不让人动的书报杂志，历历就在眼前，走前也没顾上扫一下毡子，以为能将就到她回去。她没给华先生打电话，华先生也没打来。她不知道该怎么说，不去就是不去了，多少话才解释得清楚？解释了又怎样？

这可应上了那句话，没有不散的席，爸爸的话好像没道理，但又无可辩驳，你是乡下人，还得回乡下！这一点不可改变，和父亲的半个身体永远也不能恢复一样。牡丹居那么多打工的，自她去后，已经换过好几茬儿了，说是永不回去，没脸回去，永远不嫁，最后全走了，"京华虽好，终非久留之地"这话华先生也说过，是说他自己最终还要回南方去。小梅并不是因为京华好而去北京的，她是为工作，在爸爸看来不算正式的工作。她好好干

退稿，退了再投，哪里顾得到脸面？经济上没有独立，人格怎么独立呢？小梅一下想到爸爸的"通盘考虑"，说穿了，不就是嫁了自己，解救全家吗？她走到空空的场上，坐在石碾上盘算：我能卖多少钱呢？卖给夫家怎么活呢？算个单纯经济账吧？进城务工，就算服务员赚得少，养家应该还行吧！在牡丹居时，地下室有个湖南小妹，刚来时还蓬头垢面，没多久就光鲜亮丽，走来走去阵阵香风，后来她告诉小梅，"我没你命好，但活着就得奋斗！奋斗有什么高低贵贱，当歌厅小姐，我不觉得低三下四，不低贱一下，你高贵得起吗？"这女孩还送过小梅大剧院的舞剧票，她自己还资助过几个地震孤儿。小梅觉得，这湖南妹子确实也改变了命运。后来在五环以里买了房子，成了"有产阶级"。这小妹劝过小梅，以姐姐的牌儿，加上有文化，只要奋斗，在北京住别墅也不是梦。凡事可要趁年轻！

华先生说，这是无机世界里物质至上导致的社会丑恶现象！君子爱财，取之有道，这些小姐傍大款，是以伤害他人生活为代价的，是以损害社会风习为代价的，乃是脏钱。话说回来，华先生看着小梅："况且，让你妖，你会吗？"小梅摇摇头，这事是当下就懂了。

是个本分人，不本分的事就做不来。就是做，也做不成。嫁人就嫁人！又不是嫁了就会死，就要命，就当牛做马！不过得先看看，总不能看着是油锅也往里跳。看着那是个癞蛤蟆也嫁吧！那就先看看寺村的春生是哪一个吧！

不管是哪个，先得要人家的钱，实在说不过去。

九

矿上的小护士下岗了。矿上的医院早不再给村人输液了。下岗的小护士还很热心，很喜欢当媒人。她自己感觉到了嫁人的幸福，就希望大家幸福。于是打听到寺村的春生，知道春生暗恋小梅已达数年，而且不娶。便赶紧告诉小梅的父亲。还说，那是个好后生，她自己要是没嫁人，就会把春生抢走。

小护士还是小护士的时候，给春生输过液。暗恋上了春生的大手。有这么好的手，肯定是好人。血管蓬勃就不说了，她能感觉到弹性十足，那几根青筋上鼓胀着青春的力量。有这么实诚的大手，谁敢欺负他老婆？小护士就这思路，所以看不错人。给那手上擦药，皮肤连自然反应都没有。从这只手上就能看出他的心理。小护士给这手贴好了固定的胶布，想多看看，但这手迅速就离开了。跟着身体侧过去，全不担心这手上扎着一个异物。拔针时候，不等小护士来，他自己就拔了，自己贴好创可贴，把针头和输液器从药瓶上拔下来，悄悄就走了。小护士没见过这么省心的病人。想批评一下这病人，还没来得及，病人就好了。剩下些药，已经付过了钱，说不要了，嗓子不疼，已经好了。

小护士对小梅的爸爸说，这还不够？说穿了，嫁汉就是穿衣吃饭。春生健康，结实，偶然得个扁桃腺炎，也不是大病。人吃五谷，谁没点儿小毛病。

小梅很快就见到了寺村的春生。怎么看也觉得认不得。好儿天后，才慢慢把这张瘦条脸和以前没咋注意过的那张脸对上了。而且还纠正了刚见面时的错误。当时她还暗自庆幸：原来是那个大个子春生。小梅自己一米六三，如果是那个小个子春生，到底不大般配。几天后，才知道，这个春生就是小个子春生。快十年的抽苗拔条，人家长高了。于是她莫名其妙地笑起来。

小梅一笑，气氛活络了，等于放话同意。不过春生家妈的一句话，让小梅不大高兴。他妈说，我家春生就是喜欢小梅，要不能等到二十五？

小梅正给春生递茶，想说"让你久等了。"话到嘴边，又缩回去了。华先生不知多少次说过，嘴头上的便宜有什么好占？只有傻子才怕被人当哑巴。小梅陪华先生参加过好多次专家论证会，有个女教授，说话尖酸刻薄，含讥带刺。华先生总对她说，你要没这特长，大概早就是院士了。沉默是金，嘴仗无赢家呀！有回上过街桥时，有个穿着入时的女人从对面撞了华先生一下，小梅冲她喊了句："没长眼呀！"那女人回头说"七老八十不好好在屋待着，还出来跟上班的抢道！哼！"小梅要回骂，华先生把她按住了，回头跟那女人轻轻说："对不起！"转身继续爬楼梯。倒是路人，纷纷指责那女人。华先生对小梅说："谁也不是故意的，算了，赶路要紧。"小梅原想告诉那女人，华先生是何许人也！大官都不敢小看，轮上你瞧不起了？华先生对小梅说，说服人很难，几乎不可能，我反正不做这事，耽误工夫。咱们还有事不是吗？

小梅也嫌小护士话多，可没她就会出现静场。这小护士巴不得小梅和春生当下结婚入洞房，用最高的效率把这事了了。

春生家妈一下给了小梅五万八，小梅不要，春生妈说，这就是个见面礼，下一步还有改口费，不要嫌少。小梅心想，得，姐姐的债算还上了。

第二天，春生家派了个小皮卡，拉来辆崭新的电动车。小梅一见就大惊："这不是程咬金嘛！"把人家吓了一跳。来人说，这可是轱辘没沾过地的啊！连弯妈也看得直起身来。姐姐抱着小孩也在门帘那儿看。说着卸了下来，让小梅骑。小梅说不会。只会骑自行车。送车的人们开着玩笑，说这就是不用蹬的自行车！过渡一下，以后让春生给你买卧车！

人走了，小梅蹲下细看："这就是程咬金啊！"

只有华先生和她这么称呼电动车。起初小梅也不明白，华先生说，走在路上最怕这种车，无声无息，总是半路里杀出，让人防不胜防！之后给小梅讲了半路里杀出程咬金的故事。小梅也就叫惯了。常常扶着华先生左边，叮嘱说：小心！右边有程咬金！

如今，自己也要骑程咬金了！小梅一出神，眼泪就下来了。

说什么也不敢给华先生打电话。她觉得她没说实话，华先生肯定还在等她回去。可她也常听华先生说过，许多事用不着解释。小梅想，反正事实已经这样了，还解释什么呢？

有小护士督着，没多久，小梅就过门了。明明寺村在北，接亲的车非开上往南，到县城转了一圈。出门子前，小护士引导着村里一帮妇女为难春生，把春生折腾得都快哭了。小护士心疼，叫大家算了。之后，看着春生那双大手，抱起小梅，一路小跑地上了婚车。两人并肩坐在车后边，春生不说话。小梅也不说。村里的婚礼照顾女的，是女的"出门"子，从此成了人家的人，可进人家的门也不易，这个拦那个堵，一路戏弄。幸亏小梅按照事先约定，尊重传统，一切照老规矩来。改口费给了她一万零一，人家说，意思是"万里挑一"。她觉得也挺不错。就出这么回风头吧！又不是我要出的。

这场婚礼花了春生家十来万。新房倒是老屋新装。小梅挺满意。就一样，她几乎怀疑春生真是个哑巴。问来问去，把春生问得面红耳赤，满头大汗，终于说了句："我是不知道该说啥！"小梅高兴了："这才知道你是个全乎人儿！有这句够了。"

春生妈什么也不叫她做，说媳妇刚进门，先歇着。

正歇着，手机响了，小梅一看，是华先生家的座机，赶紧接起来，是杜阿姨。这人很直，上来就问："咱们家有一截线，对，安好了水晶头的，灰的，在哪里放着？"小梅说："在厨房第三个吊柜中间那层，最左边有个纸盒子，原来是装奶的，写着有机纯牛奶。就在那个盒子里。"杜阿姨说："我去看一下，你稍等。"过了会儿，杜阿姨说，"找到了。"小梅问："楼上座机那条线是新换的，打印机的数据线接口旧了，该备一条，万一哪天打印出毛病，老爷子该急了。"说到这儿，小梅喉咙里哽了一下："我爷爷身体还好？"

"挺好。今天一大早被小田接走了，开专家论证会。下午回来。"小梅有些如释重负，跟杜阿姨说，"告诉爷爷，我一切都好，别让他记挂，请他老人家保重身体……"还没放下电话，就失声哭了起来。赶紧拉起被子把自己盖住，什么也挡不住了。管他三七二十一，憋得她太久了。婆婆看着这么端庄的媳妇，忽然如此大恸，不知所措，赶紧去找春生。

小梅狂狂地哭了一顿，掀起被子，春生问："没事？"她说："没事。"

晚上，春生闷然道："我可就你一个。"

小梅忽然明白了，"我也没别人。我哭的是过去的时间和往事。"

春生说："早就看你有什么事放不下。哭一场也就放下了。"

小梅铺好被子："一场不一定够。你呢？不告别一下你的单身汉生活？"

春生解开上衣："确实也不安宁，成了有老婆的人。"

"好还是不好？"小梅问。

"任务很重。"春生答道。

第二天，婆婆把一碗汤端上小梅的炕头。小梅一看，一大碗清汤里有五个荷包蛋。忙说："妈，我又没病。吃不下这么多，咱俩一起吃。"

话音刚落，手机又响了，一看，还是华先生家座机。杜阿姨说，"华先生刚走，又开会去了。昨天我告诉他和你通了话，他说他很高兴，我说你哭了，他让我以后少打搅你，但让我问一下疙瘩汤怎么做。老爷子最近胃不舒服，我做了，他总说不行。说实话，你家爷爷真不好伺候……"小梅打断了杜阿姨的话："你记一下，买个半大不小的西红柿，烫了皮，最主要的，要把西红柿底下那个蒂全切下来，把西红柿炒成茸，稍微放点盐和葱丝，然后倒水，就用弯管笼头里的过滤水，插一句，下个月你给厂家打电话，该换滤芯了，电话号码在你床头柜抽屉里，那人叫小阮。水千万别多，用厨房那个中号玻璃碗，接半碗正好，拌面疙瘩别黏住，用筷子拌，疙瘩不能大，更不能黏着，他喜欢稍微浓些，疙瘩要小，指甲盖一半大就行。煮软点儿。打个散蛋。尽量多打，越散越好，要不见形。最后放点黑胡椒。还有一样，你给他碗里盛汤的时候，一定要注意碗边，千万不能有一丁点儿顺边溜，盛饭盛菜盛鱼盛粥都一样，边沿必须干净。他是画画的，哪怕吃不好，也不能盛不好。"

电话放下，小梅对婆婆说："妈，今天的饭我做。"边说边吃碗里的清汤荷包蛋。婆婆听呆了，"行，小梅，这鸡蛋不好咽，别吃了，别把你这讲究人给噎着。""没事！妈，以后我让咱家人都变成讲究人！"小梅一举把五个鸡蛋全吃了。含糊不清地宣布。

十

春生初中毕业后，和他爹学木匠，后来木匠活儿的机器太多，基本功白学了，他干的活儿，别人用机器也能干，失落得很，幸好还在学木匠时，就对油漆感了兴趣，改当漆匠。他爹木活手艺好，但总参不透外边那些精致的器物，咋能漆那么光亮？后来爹老了，一是没活了，二也干不动了。春生带着父亲的疑问，开始探寻油漆的奥妙。这才知道，油漆可不是刷上就行。打磨才是个功夫，粗磨细磨，磨了漆，漆了磨，磨完了得腻，腻完了又得磨，腻的时候常常还得画木纹，磨是减，腻是加，加加减减，器物才平整光滑，这个时候，就是不漆，也已经很漂亮了。何况之后还得用涂料擦，擦完才轮上上漆，要懂配色，懂各种漆的性能，懂木纹美，要精通刷子的用法，什么料使多少劲，有多少忌讳，不同器物干的方法也不同，有的得在房子里干，有的需要慢慢风干，油完一道，又得打磨，磨了油，油了磨，总之，需要精益求精。慢工出细活，才能光可鉴人，才能温润如玉。春生自幼就喜欢光滑，把小梅娶回来才说，早早看上她，就是因为她光滑。小梅的"二"气犯上来了，问："我怎么就光滑了？"春生也说不上来。

村里包工队不乐意叫他，嫌他干活儿慢。工头骂他：你以为你是画画的？咱干的是装修！

不仅干活儿慢，走在街上也拖后腿，走着走着，春生就不见了，回头找，他还蹲在家具店看人家的油工。后来工头不让他漆木器了，只让他刷墙，他也慢，还生气，嫌屈了他一身的好功夫。十多年去过北京，闯过东北，虽说老挨骂，收入到也过得去。结婚后，听说小梅在北京住了那么久，竟没去过天安门，没见过升国旗，没去过故宫、北海、颐和园，惊得眼珠都瞪圆了。小梅说，我是去干活儿的，又不是去旅游。过了几天，春生把他在北京名胜景点拍的照片，全从墙上摘下来了。说："比起你，我等于没去过北京。"

小梅做了几天"讲究"饭，就看出还是讲究不起。在北京修炼六年的本事在乡下不合用。商量着，还得让春生去打工。春生不想去，说了许多缘故。小梅说，"你学漆工就为喜欢刷油漆，那不行。那是你的生计。"春生倔巴巴地说，"看着那些木料，再看那些漆，多不容易！我干活儿就怕一样，怕毁了器物。"

小梅心想，这个春生到是应该干艺术，可纵有这个性子，也没那个条件，还是生活为先。俩人聊来聊去，春生去找工头认了错，外出打工去了。

春生前脚走，姐姐后脚就到。小梅一向觉得，姐姐的嗅觉比狗还灵。生育后不到半年，姐姐又开始时尚了，嗅觉灵，可眼光不好。小梅觉得姐姐的穿着，根本不是个当妈的人。姐姐上来就说："'二'，闲话不说，姐姐不当这妈了，你当。这娃娃送给你吧。"

小梅火了："你这娃娃是个男的女的，我都没问，怎么就给了我呢？"

姐姐不火："'二'，你别急，姐说得太突然。其实我想好久了。"

接着，她告诉小梅，孩子家爹打回电话，说后悔得肠子都青了，这两天就回来，谈了好几个方案，我俩要重出江湖。新店面都说好了。

"你看我外出创业，带个孩子怎么行？所以，商量着先把孩子放你这儿，你帮姐姐带一段，孩儿家爹来，会带来抚养费，以后每月都给你汇。你愿意收养，就认你做娘。你看看，多好看的小丫头！"

"不看!"小梅别过头去,但最终还是回头看看,"想起他爹,就不想碰。"

"他爹咋了?以后就是你姐夫!你是没听见他痛哭流涕,外边摊子撑起来,运转正常了,他要给我大办两回。他家一回,咱家一回。"

"亲生的孩儿,你就舍得放下走?"小梅问。

"舍不得。可不舍怎么能得?想来想去,什么也挡不住我追求幸福的脚步!"

"就你追求?谁不想幸福?"小梅说。

"'二',谁说不是?姐混好了,也有你的好,别忘了,姐可是处处想帮你,你到北京,还不是姐帮的?其实,从素质上说,姐学过画,更适合到画家家里做活儿,可不就是想着你吗?姐怎么能让你困在乡下当柴火妞呢?"

"你是说我得还你这个情?"

"当然不是。是姐现在遇到困难了,眼见一片光明就在那儿,就因为个孩儿不能动,你帮一下,姐不就过去了?"

小梅暗忖,自幼来她就没赢过姐姐。因为她在姐姐面前从来就没拒绝过,但这个孩子,她可是说什么也不能接受。于是说:"帮忙可以,不过你不能把孩子放在这儿。实话说,人家春生是个什么脾性,我也不大知道。何况……"

姐姐打断了她的话道:"何况你以后还要和他生。行,我把孩子放在咱家。可你得过去看着,爹妈可没这个能力。"

"姐姐,你就不能再等两年,好歹把孩子带大些?"

"实在不能等了。我想等，机会不等，她爸爸已经在太原租下房和店面了，一分一秒都花着钱，过了这村，就没有那店。只有我去干起来，有钱进账，才能有个局面。等我打出个场子，不是我来接孩子，是连你一起接走。春生愿意也一起来。北京是个啥样，我不知道，太原的繁华已经够我练了。我可听人家说，太原比北京好待。到底是本省地面，人不亲还土亲。"

小梅答应了，本来她回家，就是来当顶梁柱的。春生这边也不在，婆婆还不大熟悉，也好说话。还能怎样？她不知道她这算华先生说的"责任感"呢，还是"没原则"。反正，回到娘家是硬道理，那儿更需要她这"资源"。

两天后，姐姐就给她发了个短信，说已经走了。好歹帮她。短信后边还发了个泪飞如瀑的表情。

婆婆果然通情达理，小梅倒没说孩子的事，是亲家公瘫在床上，婆婆早就知道。婆婆又给她煮了鸡蛋，送她到了公交车站。

寺村离家不到五里，同属一个乡。小梅到家，一切如旧，不由感到自己很对不起人，对不起谁呢？却说不清楚。肯定对不起华先生，肯定也对不起婆婆和春生，驴拉磨一般转悠了几年，又回到出生的地方，干了个啥？她觉得白混了，唯一的收获是，让人家春生家帮她家还上了债，帮她家过了道大坎。真内疚呀！她恨不得狠抽自己一个嘴巴。觉得自己就是给人家设了个套。管人家叫声妈，自己家的麻烦就让人家给解决了。至于华先生，她是许过诺言的，"几天就回来。"回想起来，华先生打开始就没相信她还能回去。到是怕耽误了她的事，连一句留的话也没说。

越想越离家近，远远看见家就觉得隐隐有些烦，觉得麻缠。一有这感觉，就更愧疚。连家也嫌麻烦，你还是个人吗？真是折磨人！

她一脸官司地进了院子。

爸爸在树底下坐着，做每天上午喝三大杯水的功课。他一眼看出小梅表情后边的许多内容。担着小心说："'二'回来啦。"

小梅也马上感觉到她不应该气鼓鼓。赶紧拿起空杯子问："喝到几杯了？"

爸爸说："不添了，已经三杯了。"

"上过厕所了没？以后喝茶吧，买点儿菊花。咱这儿的水越来越不好喝了。"几句话说过，小梅的气色才缓过来。

爸爸按住桌子往起站，小梅赶紧搭了一把，还和几年前一样，爸爸的胳膊认下了小梅的胳膊，爸爸全身马上就放松了，小梅把爸爸扶到厕所门口，爸爸说："我没问题了，快去看看你妈那儿。"

弯妈正抱着孩子哄。小梅过去说："我抱。"于是接过来，把那软软的娃娃抱过来。跟妈妈说："妈，把小房子单子换一下，我回来住半个月。"

等弯妈跑进跑出收拾完房子，小梅问："把娃娃放在床上不行？"

从来不笑的弯妈，看见小梅也笑了，小梅怀里只有娃娃了，包裹孩子的毯子已经掉了，孩子的小腿光溜溜地露在外边。妈妈说："等睡着了就放下吧！"

问题是这娃娃根本就不睡，不到半天，小梅就领教了，太折腾人了！简直岂有此理，喂什么都不要，小舌头往外顶奶嘴。哭个没完，小梅紧张得以为这孩子得了大病，华先生报了病危，人家还笑，让小梅别怕，说医生总是这样。他不报，就得承担责任。其实哪里至于！但现在，真叫束手无策。只好不断给姐姐发短信。火气冲天地让她赶紧回来奶她的孩子。她越火，姐姐越高兴。不断发来捂着嘴笑的表情，什么也不说。

幸好妈妈比较从容。见小梅急成那样，赶紧说："小孩儿哪能不哭？不哭能长大？什么问题也没有，就因为断奶，喝不惯奶粉。熬过几天就好了。去吧，到你爸爸那儿，该做什么做什么吧！"

爸爸已经自己回到树下的椅子上坐好了。"我就知道是这么个结果。'二'，真亏了你呀！"

过了会儿，妈把孩子哄睡着了，出来说："指望'二'哄孩子？我还得先哄她呢！"

晚上，小梅把孩子抱过来了。妈妈过来跑了三四趟，小梅不高兴了："我回来是干什么？连这么点事也办不了，那我明天一早就回寺村。"

小梅豁出去一晚不睡，可就真的一晚没睡。

小孩到了晚上更闹腾了。不仅弯妈半夜三更起来数次，连爸爸也在自己炕上折腾了一夜。不是担心婴儿，是担心小梅犯"二"脾气。

小梅这回还真就犯了"二"脾气，"我就不信这个邪！制不了你这小兔崽子!"足足三天两夜,软硬兼施,无奈的小家伙把小梅认下了。认下就不是兔崽子了。她渐渐会抱这孩子了,也不给姐姐发短信了。她越不发,姐姐越来问长问短,小梅一气就回复:那你自己回来抱吧!有这么一句,姐姐立刻就发来笑脸。

父母都能歇了。小梅自己觉得顶上了大用,还挺自在。

冷不防春生打来电话。小梅正在院里洗尿布,满手泡沫,问春生:"你在哪儿?北京?"

春生说:"我回来了,正在到你家的路上。"

小梅一惊:"怎么不先发个短信?"说完才想起,春生告过她,不会拼音,所以不会短信。

赶紧撂下盆,求告妈妈,"我得赶紧回,剩下几件你涮涮就行了。"边说边进屋找梳子梳头,梳好了又想起,还没洗脸,慌慌张张像干了坏事。刚刚换好了一只皮鞋,春生就进了院门。还好,爸爸永远在那儿坐着,像一条有效的缓冲带。春生被爸爸叫住,便过去和爸爸闲聊一阵,有这工夫,小梅早穿戴好了,甚至还闻了闻姐姐的香水,滴了一点,抹在耳根上。

出来就跟春生讲,你打个电话,我不就回去了?还跑来!春生说,我还看看咱爸妈嘛!

回到寺村,春生说,"不是不干了,可的确干得不痛快,又跟工头吵了一架。嫌我漆楼梯把手太慢。吵来吵去,主家出来了,当然说我有理。楼梯把手,那是手扶的地方,必须光滑,不打磨几次根本不行。工头说,那在他们以后用,用得用得就光了。你说这叫什么话? 工头当下就让我走。我火了,说:要走也得把这活干完。那家伙说，那工钱饭钱你自已出。我说，我出就我出！晚上收工，他们走了，我心想反正我现在也没事，也不归他管了，就继续干我的活儿，把两根五米长的楼梯扶手又打磨了一遍。"

"那晚饭到哪儿吃？"小梅问。

"还吃甚晚饭？半夜，主家给了我两个馒头和一瓶水。后半夜，我就又上道薄漆。赶他们早上来，我已经抢出来一道了。他们笑得干不成活儿，我不管，又打磨了一遍。晚上他们下班，我这扶手已经让他们不敢笑了，一个个过来看，能当镜子照了。工头给我结算了两千块，说，你投错门路了，去找个绣花的路数吧。"

"把你给开了？啥时候的事？"小梅问。

"有三个多月了。"

"那咋这时候才回来？"

"是那主家把我留下了，说他家在郊区的房子门窗都需要油了，能不能帮他们油一下。没啥说的，我就去了。"

"油个门窗也用不了三个月呀！"

"那房子光门就有八扇，有的还是双开的大门。窗就更多了。三个月紧紧张张。"

"就你一人？"

"就我一个。这才好，没人催。怕主家以为我磨洋工，我预先说好慢工细活儿，主家说，那就'包清工'，他有时间我也有时间，把活儿干好就行。

三个月干下来，他们那个院，邻居都来看，说这活儿不只是好，是漂亮！好几家要我干。算下来，得有五六万可挣。我说我得先回家半个月，再来给他们干。"

"为啥回来半个月？取刷子？"

春生说："你说为啥？"

小梅明白了，问："你一个人打单，怕不怕？"

春生说："自从有了你，我就没个怕了！"

小梅轻轻问："没闻见我身上有什么香味？"

春生什么也顾不上，自豪地说："油工鼻子里只有油漆味。"

春生对小梅给姐姐带孩子没意见。把孩子接到这边也行。困难嘛，当然得帮。

春生休整了不止半个月，才腻腻歪歪走了。他并没说什么，却让小梅进一步明白，给春生家当"资源"，才是她的义务。

春生还没走时，小梅就把孩子带来带去，两边都照顾着。姐姐的抚养费一直没寄，但短信不断，让小梅没法回复，全是亲亲抱抱的。小梅时时抱着，所以什么话也不说。心想，如果是她自己，绝不会写这样的短信。这就是"一"和"二"的区别，"二"就得闷头待着，"一"才是可以表演的。从小就是这样。

十一

小护士当了回媒人就很久不见了，来看小梅时吓了一跳，回过神才说，你姐这样做可是不好。养了孩子不自己带，她自己的雌激素分泌也受影响。把你也拖累了！出去做买卖也是个不靠谱的事，赔了赚了还两说。还不如老老实实给人打工。你家春生好吧？

小梅说："好是好，刚走。"

小护士说："怎么才走？没给你寄来钱？"

"总共工头给了他两千，就把他开了。这点钱够他几天的吃喝？"

小护士火冒三丈："把春生开了？等那小子工头回来，我不让他悔断肠子才怪！做工的人里，谁比得过春生？你放心，春生肯定能给你挣下大钱。我见过的人多了，像他那样的少，实在人吃不了大亏。"

聊来聊去，小护士出了个主意，劝小梅到矿区开个小烟酒铺，好歹是个收入。如果愿意，小护士去矿上找门路。还可以借给小梅万把块钱。"那地方的不好干处，是一片黑，全是煤黑子，脸黑可是心好，这一点，姐姐我有经验。"

小梅想来想去，给小护士发了短信，说"可以。"小护士回复："开小铺？"小梅又回了一个字："对"。

小护士能量大，熟人多，路子广，没几天就在矿区宿舍楼旁边找了间屋子。还真说动了她老公，拿出一万现金，对小梅说，你说吧，算借，还是算入股？小梅不明白，说：你看怎么办就怎么办？小护士一脸正经："含糊不得。我看还是借吧，利息按银行同期定期存款，为期一年。也就是一年后，你连本带利还我钱，我就没事了。如果是入股，这一万块就算我投资。还得找人评估，这一万占多少股份，怎么分利？不够麻烦。我看就算借吧。闹那么正式？反正不过一个小铺，我就是想帮你挣点娃娃奶粉钱。"

小梅根本不知道买卖是怎么回事。幸好小护士生活幸福，溢出来的幸福都给小梅了。忙活了两个月，小铺开张了，挂了块小牌，就叫"小梅烟酒铺"。

批发部的经理来看了，说烟酒店的装修对于销售作用很大，小护士说，"这种地方，你弄得再花里胡哨，用不了半年又是一个黑洞洞。你看小梅往那儿一站，就是装修。就是靓牌！"

小铺上了货，开了张，立刻成了矿工们爱来的地方。小梅赚到的第一笔钱，就在当屋添了张旧桌子，还买了几把椅子。让不买东西的也有个坐处。喝小酒的也有个喝处。后来把小护士家的旧电视买来，放在铺子里给大家看。

矿上工人三班倒，小铺开的没钟点。很快这间小铺就成了矿上的一盏明灯，一个舞台。工人来这儿购物，来这儿撒欢，来这儿凑热闹，来这儿寻开心。小铺里永远烟雾弥漫，热气腾腾。也免不了吵嘴打架，不过有小护士罩着，小护士又有派出所罩着，小梅也不怕。和春生不同，小梅把工作和爱好，分得很清楚。开小铺就为奶粉。可为奶粉也不能斤斤计较，开小铺得真心。她觉得矿工都非常朴实，好打交道，基本上也很"二"，打也罢、骂也罢，犯浑也罢，都直来直去。原因简单，与她性情契合。遇上实在过分的，她的"二"脾气一发作，也能把那些五大三粗的后生震住。

有两个贵州人，三番五次喝醉了闹腾，胡言乱语，小梅当下抄了个酒瓶，先下手为强，照着那家伙一瓶子敲下去，跳上桌子喊："你大爷的！想好好活就别胡来！"说完，使劲把酒瓶摔在地下。众人都愣了。事后，小护士问：你就不怕一瓶子把他砸死？小梅说，他哪有那么脆？而且当时巴不得把他砸死。小护士说，以后要打，还是打别处，打头危险。小梅说，既打，就往危险处打，我可不是打着玩儿。

过年时，姐姐回来了，要她的孩子，可孩子不认识她了，高低不跟。年下时分，矿工多数也回家了，只剩下开风机的、管水电的。小梅回了家，给春生打电话，问他为什么不回来？春生说营生多，顾不上。而且钱还没给，回去也没脸见人。小梅就奇了怪，营生多得顾不上回家，钱却又没挣下？哪有这样的事？莫非白给人家干？

春生说，还正是这样。

原来，春生在郊区那个院子给几户人家油了门窗，其中竟有一人把他介绍给一个专做漆器的老板。老板那儿正缺着一个做坯料的。说白了，就是匠人在漆器上做活儿，需要个做底料的。小梅听了，说："那也算你搞了艺术了？"

春生说，"算是进了这个门吧！"顿了一下又说："等于画家画画，我给人家做纸。"

小梅说："做纸也得给个工钱吧？"

春生说："咱不敢提。能留下我，是人家看得上我的活儿。一提钱，人家再找一个，我到哪儿再找这活儿去？也许干上一段，会给发钱。现在是管吃管住。"

小梅没法子。想起华先生说过，一切有成就的人，都是许多小概率事件，即许多偶然机遇的结果。前提是自己不懈的努力。在艺术界，成事的全是扼杀都扼杀不死的人。看样子春生有点儿这意思。怎么好拖他的后腿呢？

大年初二，姐姐的那个男的来了，说死说活的，要送小梅一个智能手机。还抢过小梅的旧手机，主动帮小梅换卡。

那男的没给姐姐办婚礼，却堂而皇之住进了她们姐妹俩的屋子，害得小梅晚上又回到婆家。婆婆已经替她把孩子哄睡着了。小梅陷于无事可做的境地。其实可做的事挺多。比如收拾，那是女人永远干不完的活儿。但她不想动。过去的六年，过年在路上跑。华先生希望与她一同过年，但比她还知道风俗的要紧，她有三年春节没回家，因为华先生病了。其他三年都是早走早回。在家吃顿饺子，放下些礼品，住不过一夜，就又上路了。今年闲了，不仅在家，还是在自己家。对她来说，和春生结婚，等于搬了个住处。她还没有建立起小家的意识。跟婆婆还是客客气气的，和没过门时差不多。可她毕竟是春生的人了。这个不起眼儿的同学，不过是个曾经忘记又重新想起来的陌生人。这个喜爱油漆、喜爱光滑的人，竟然春节都不回来。正发愣怔，新手机古怪地响了。没腔没调，让人听着别扭。是春生打来的。说正好是零点，交子时了。小梅看看表，正是。春生喝酒了，打着打着哭了。小梅问他跟谁在一起喝。春生说是独自。问他哭什么？春生抽泣着说，不知道。小梅说挂了吧。春生说：好。但马上又打了过来，说话还没完。小梅挺恼火："钱多烧的？甚事？说！"春生哽咽地说："没事了。"小梅说："不要以为手机方便就老打。方便是有代价的。"这回挂上，小梅自己落泪了。华先生对钱可不是这态度，总说人不能当钱的奴隶。但小梅目前实在没钱。她的手机总是欠费，是因为过年才开通的。通一个月就一二百，花钱说废话，她还没那个能力。

初五一过，姐姐和那男的走了。连小家伙都不看一眼。小梅感觉她自己被落下了，像跌落在树根下的叶子。羡慕地看着飘到高处的树叶。她悄悄回到矿上的小铺，感觉自己是个没奔头的人。

十二

元宵节那天，小梅接到电话，刚听时不知是谁，手机号也是生的。接起来才听出是华先生那儿的江苏保姆杜阿姨。她的口音已经变多了。她感谢小梅给她找了个好活儿，祝福小梅婚后生活幸福。此时小梅正抱着姐姐那孩子，杜阿姨兴奋地说，都有宝宝啦！华先生不知要怎样高兴呢！怪不得说你要盖房子。华先生住院了，在输液，要我问你好！他说一切都没问题，要你放心！

小梅眉头一皱，刚想问话，对方说药水滴完了，得赶紧叫护士拔针，就把电话挂了。

小梅把孩子放到床上，立刻回拨过去。杜阿姨刚接起电话，小梅就说，请爷爷接。杜阿姨说，正好不大方便。小梅说："那好，别挂，我等着。"她听到她的心在跳，气在喘。也听到电话那边杂乱的声音，熟悉的医护人员进进出出轻声询问，手推车进出门，甚至无声的声音，忽然，华先生的喘息声近了，接着便是他沙哑的声音："小梅?"

小梅赶紧说："爷爷，你什么也别说，后天，最晚后天下午，我就回去，你好好等我!"

接着，她给春生打电话，来龙去脉也不说:

"春生，后天白天我到北京，你中午十二点，到惠新西街地铁站B出口接我。你寻不见?打个车吧，什么?不会打?去问个人，其他别说了，我有急事，挂了吧!我订好票给你发短信。"

婆婆这边好说，她抱了孩子回到娘家，急急忙忙说了一通，总之是把孩子好歹安顿在弯妈手上，爸爸说:"既去，也带点东西，看看人家需要点什么，买上点。"小梅说:"人家什么也不需要，是我需要赶紧去。"

小梅赶紧到城里去了，爸爸对弯妈说:什么叫高人?高人不一定有用，高人就是让人觉得高，所以"需要"。

弯妈不明所以，赶紧带孩儿去了。

十三

一连三个月，小梅没明没黑在医院陪着，直到华先生咽气。

华先生得的安详，总算见到了小梅。在最后几天，华先生一直对小梅说:"别解释，用不着……"

但小梅还是絮絮叨叨，自己也不知道说了些啥。能记住的只有一句:"我没盖房子，我发誓，我一定把她们骗走的钱还上。"

华先生实在没什么力量了，告诉小梅:钱对于我，已经没任何用了，别说这事了。

小梅的"二"犯上来了：认真对华先生说："我要还的账，不只是钱。"

华先生不再说话。小梅就絮絮叨叨，也不管华先生听到没有。

华先生过世前三天，他的儿女才回来。华先生挣扎着对他们说的最后一句话是："你们，帮不上忙……"

这两位于是走出病房，来到过道，讪讪地请小梅进去。

后事办完，这一儿一女对小梅表示了感谢，顺便提起以前签过的遗嘱，小梅从小包里掏出笔来，说："既然说起，我现在得给你们写个欠条。欠款数目是人民币二十万元，我争取年底前还上。"

那两位得到了华先生城里和郊区两套房子，变得大度起来。"我们也不能让小梅姑娘净身出户，这二十万就算我们付你的感谢费，免了吧！

小梅写完了欠条，对二人说："不行。原因你们就别问了。"

十四

到北京的第一天，她就弄清原委了。杜阿姨电话里一句"你要盖房子"，让她感觉到发生了极严重的事。果然，杜阿姨告诉她，姐姐早在一个多月前就给华先生打过电话。小梅问，"华先生给打了多少钱？"杜阿姨只知道华先生委托小田打款了。小梅很快知道，华先生给姐姐提供的账户打去了二十万。

离开华家，她找到春生干活儿的地方，油光水滑的大板子，或侧或斜地放着，有红的、黄的、绿的，和镜子一样反着光，她连春生的脸都看不囫囵，还哪儿都碰不得，只要走近那些光亮的板子，春生就会喊：小心！不敢靠近！把小梅火的，问：你睡在哪儿呢？春生左闪右挪小心翼翼地，带小梅绕到墙角，一指，说：就这儿。小梅当下就哭了："他们就不给你个铺？"

春生像做了错事，告诉小梅，不是人家不给，是他自己愿意睡在这儿。小梅喝道："你图个什么？"

春生吞吞吐吐告诉小梅，一图把活儿干好，二图让她高兴。接着跟小梅说："人家发工资了。好几个月了，总想攒多点再说。"小梅问："现在攒下多少？说！"自己听着自己的话都像个强盗。春生掏出一张卡，说，"这上面有八万多。"

小梅像个贪婪老婆，赶紧问："能借我急用一下吗？"

春生把卡慢慢放回口袋："本来就是给你的，想凑成两位数，你有甚的急用，说给我听听？"

"总不能让我也在你这窝里睡吧？去寻个住处，说来话长，慢慢告你。"

春生乐了："太简单了，我东家就开着'7天连锁店'，咱走！"

小梅不仅拿走了春生的八万，还向春生的老板借了十五万。也不知哪来了这一派"死皮"，求告的时候，眼圈儿红了，落着泪，最后竟然声泪俱下。小梅悲伤的模样，让刘老板不知道发生了什么问题。她向'7天'的刘老板说定，她会在这里干服务员，干最脏最苦的活儿，至少半年，一分不要。说完，主动把身份证给了刘老板，说这是抵押，我们夫妻实在有急用，求刘老板看在春生辛辛苦苦是个好人的分上，答应我们吧！

刘老板也是个好人，说早想和春生深交，没个机会，弟妹既如此说，区区十几万算个什么？礼拜一，会计一上班就打给你们。

小梅从华先生儿子那儿取回欠条后，对春生说，"现在轻松了，只欠你一个人了！"

春生用刷子在木板上刷了两个大横道，说："二！"

爸爸的话

进阳川洼是我的老主意，早不犹豫了。洼里的沈先生和我来往多年。你妈过世，就是他帮咱操办的。那日你姐来抱走她的娃，你妈第二天就有些糊涂，晚上跌了一跤，自家爬上炕，我给沈先生打了电话，他赶快跑出洼来，迟了，人已经殁了。我让他把我扶到炕上，明早来就是了。我守了一夜，没有多想，做了决定，不给你们姐妹打电话了。你们都有回不来的道理，回来又免不了见面麻烦，我是说啥也经不住麻烦了。最后见不上妈一眼，如果是个罪，我一人担了。你们要怨，就怨我。

其实见不见吧，无非世俗习惯，你妈走得快，入土也快。入土为安。还有甚比安更好！"二"，你现在哭一场也罢，这事就过去了。

十来年了，先是没你我就不能动，后来全靠你妈，把你们全拖累了！

能想而不能做，不能动，十年了，这样的脑袋能想出什么？每天对着墙，看小院，脑袋能想的材料是什么？地砖，树，花草，鸟和蚂蚁，听风闻雨，再想想上半世的日子，认下的人，做过的事，去过的地方，不大点儿见识，经过的喜怒哀乐，慢慢像明白了什么。日复一日，好像啥都明白了，能动的，会飞的，各有各的问题，不一定比我强到哪儿去。这和刚刚病倒大不一样。那种一病不起的打击，在精神上比病本身还厉害。看透了，它其实是个假象。

人们说，看把你愁的，其实不是愁！呆坐十来年，也因为你养了家，说实话，我全放下了。看天看地，忍熬住的结果是明白二字，没有期待，不盼望，也不着急，平平静静就行。如果没这点明白，你姐姐丢人败兴成那样，我早气死了。

我没法解释沈先生怎么就来了，他来时还叫我李厂长，李总。我告给他原委，他坐下还想给我解宽心，我告他我确实心宽了。看花草看蚂蚁把我看得心宽了。他说我有缘，开悟了。可能是吧，反正，他一说我就明白。后来他写了些"缘觉"给我，问我懂不懂，我说懂。那一夜守着你妈，我心更宽了。原先还放不下她，她走到我前头。我的心就宽到没边了。

沈先生让我给阳川洼管点账务上的事，已经两年了，对我一点儿不是麻烦，倒9是个乐子。我当然不要钱，他们也不给钱。沾了青山寺的光，到那儿旅游的，都知道后沟里还有个阳川洼，不是庙，却是绝美的自然风光，除了逛的，还有求医问药的，看破红尘的，有个北京来的博士，住下就不走了。阳川洼养人，吃饭，住宿，一分钱不要。大家互相帮助，受捐的钱不少。这几年，也起了点儿工程，盖些小房，有些往来账目。你看，我到这儿来，不是个好事吗？倒客这下算出门了！这个世上治不好的病，在我这儿就算彻底好了。

　　只是爸爸已经不会给你们指路了，每个人有每个人的路，指也没用。

2015年9月22日下午雷雨中

后 记

　　小学四年级时，看过一本书，《科学家漫谈21世纪》，当时想，到了21世纪我可就四十七岁了！我那时十岁，生怕不能活到，赶不上科学家描绘出的好光景。那些科学家没一人料到过互联网，我也没料到，刚进入新世纪我就病到不能动了。真叫世事难料，两下里都猜不对：真光景比描绘得还好，我活到了21世纪，却又不能参与其中！

　　我琢磨是命运开玩笑，谁让你预料？既非彼也非此，既猜就是意外！

　　我生的病就叫脑血管意外。

　　至今已十七年，谁到了这地步，也得想出点事来做。还好，有了昔日科学家没料到的互联网。我可以凭借一只手把所写的文字发布出去，先是为几个人而写，之后渐为朋友知道，其中做编辑的朋友，选些篇章刊发，以助我兴，以至现而今又编了这本书出版。病重期间我曾想，今后的最高指望是，别再给人增麻烦就是余生大幸。出书显然又出乎意料！

要感谢北岳文艺出版社！感谢责编关志英！她认真看了拙作，并纠正了我的不少粗疏。对书出后是否有人看，我不预料，以后还许继续写？也不预料。

张小苏

2017年3月